逢緣奇演
illustration
ちひろ綺華

# 命定之人是妻子的妹妹

my destiny is
the bride's little sister.

1
volume
one

Kadokawa Fantastic Novels

CONTENTS

前世的模樣
「下次見面的時候，
請您一定要
娶我為妻。」

前世的模樣
「下次我會贏，寶貝。」

# 命定之人是
# 妻子的妹妹。

my destiny is the bride's little sister.

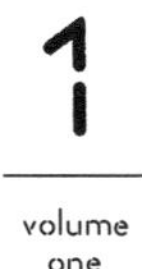

volume
one

Kadokawa Fantastic Novels

# 序章

世界滅亡了——這是我現在的心情。

「嘔噁噁噁噁噁！」

我在路邊大吐特吐。

「你喝太多了，白痴。」

「遇到這種事，要我怎麼能忍住不喝啊！」

我的朋友——顏熙涵，身材嬌小的她穿著一件大外套，嘆了口氣。

「不就只是在婚禮上遇到前妻嗎？」

「……她帶著一個男人。」

「茜小姐也離婚三年了吧？自然會有新對象。」

「她她她、她會再婚嗎？我可是注定孤獨一輩子耶！」

「你怎麼這麼難搞……」

今天是老朋友的婚禮。我去參加的時候，發現前妻坐在旁邊的位子。熊野茜——三年前從早到晚跟我在一起的心愛之人。愚蠢的我相信她就是我命中注定的對象，可是今天跟我以

外的男人開心地有說有笑。各方面來說都太苦了，我的心靈受到重創。

「世界滅亡吧！」

「去婚活（註：為了成功結婚而努力進行的各項活動，比如聯誼和相親等）啦！」

「喔喔喔喔！今天要喝到不省人事！」

「去婚活啦！」

「我會買單。」

「……真～拿你沒辦法喵。」

我和無時無刻不在缺錢的顏熙涵搭著肩，接著走在橫濱野毛區的居酒屋街上。

「這位先生，你沒事吧？喂——」

我被身穿藍色制服的人——噢，這些人是警察——搖醒。

「好痛！」

刺在我臉上的東西是刺蝟。圓圓刺刺的，真可愛。我記得這裡是中華街的刺蝟咖啡廳。

我瞄了一眼在角落注視我的刺蝟，坐起身子。宿醉使得我頭痛得厲害。

「你記得發生了什麼事嗎？」

警察帶著溫和的笑容向我提問。

「對不起。我什麼都不記得了。」

「你喝醉闖入這家店。由於店家報警，我們才會過來。你叫做什麼名字？」

「……大吾。御堂大吾。」

——為什麼喝醉的我要非法入侵刺蝟咖啡廳啊？

「走得動嗎？要走嘍。」

我在數名警察的攙扶下坐進警車，接著被帶到中華街的警察局。昨天喝的酒在腦中打轉，導致我不僅頭痛，而且還很想吐，感覺快沒命了。

來警察局接我的人是前妻。我的緊急聯絡人還沒改掉。

「……大吾——」

她神情憂傷，跟警察辦完手續，便把我帶出警察局。警察最後說的那句「店家這次雖然沒告你，再犯的話真的會被告喔」超級恐怖。我的前妻——熊野茜站在停著車子的警察局停車場前面喃喃地說：

「你要振作點。」

「咦？」

「因為我已經不能照顧你了。」

她露出泫然欲泣的表情看著我。

「你要振作點。」

羞恥心害大腦變得一片空白。我給警察和前妻添麻煩了，實在有夠丟臉。

我滿腦子只想著要掩飾尷尬，想讓她放心，未經思索便脫口而出：

「我正在認真尋找新對象！」

「咦？是嗎？」

「嗯、嗯。我找到了一個好對象，很快就會結婚。她正是我的命定之人！」

「……這樣呀。你很努力呢。」

她臉上浮現哀傷的笑容。既然妳會覺得哀傷，當初為什麼要──我差點說溜嘴，急忙閉上嘴巴。我們早已錯失討論這個問題的時機。

「那就再見嘍。祝你跟命定之人過得幸福。」

她輕聲道別，坐進車中，留我一個人站在警察局的停車場。這間警察局位於中華街的中心，周圍人聲鼎沸，彷彿只有我身邊靜寂無聲。

我知道我放不下過去，也明白應該要向前邁進。可是這個瞬間，模糊的義務感終於轉為明確的覺悟。

「去尋找我的『命定之人』吧。」

一直忘不了舊愛抱怨個不停，藉酒澆愁的人生，該劃下句點了。我下定決心。現在開始，就是我人生的第二章。這次一定要──這次一定要找到真正的「命運」。

「去婚活吧。」

我握緊拳頭，在警車旁邊吐了滿地。

# 第一話　找到命定之人了

——半年後。

由我負責管理的公寓「上海莊」，位於神奈川縣橫濱市中區的山下町。也就是所謂的橫濱中華街，日本規模最大的唐人街！攤販和中華料理店多得數不清，這裡時時刻刻都充滿令人喘不過氣的活力。

「嗨～你過得怎麼樣啊～」

我在公寓前面打掃時，一名看似少女的嬌小女性走過來跟我搭話。

「……熙涵，真的好久不見了。」

顏熙涵，我之前提過的好友。身為中國人，卻在橫濱出生長大，相較於四川料理更加深愛家系拉麵（註：橫濱家系拉麵，以知名的「吉村家」為起源的拉麵店鋪群，以及這些店鋪提供的濃郁豚骨醬油拉麵）的青梅竹馬。

「上次見到你是在婚禮上，所以隔了半年吧？」

半年前，我們去參加朋友的婚禮。我在那裡遇見前妻，喝了一堆酒，非法入侵刺蝟咖啡廳，給忙碌的警察造成困擾。

——然後等我醒來時，顏熙涵已經從這座城市消失不見。

「妳這段時間究竟跑去哪裡了？」

她住在「上海莊」的二〇一號房。因為後門有家中華料理店，晾在陽臺的衣服會沾上氣味，不過房租是這一帶最便宜的。她消失得神不知鬼不覺，欠了不少房租，而且我還有很多話想跟她聊聊。

「……唔嗯。」

她晃著雙馬尾笑了笑。

「總之我們先去吃飯吧。」

中華街後巷的破爛飯館「黃龍亭」，是我們常去的店。人氣料理是中華粥，用蛤蜊熬煮的湯頭濃郁鮮美。由於不具刺激性，最適合拿來當早餐。

「我人在ＮＹ。」

「什麼？」

「紐約。我想站上百老匯的舞臺，可是我太想念拉麵，就決定放棄了。」

真的假的？

「我沒錢回來，只好在那邊的爵士酒吧打工，好不容易在今天回到日本。」

這傢伙還是一樣胡來。我們吃著一碗兩百五十日圓的中華粥，為久違的重逢乾杯。以大清早就在喝酒的底層生活來說，此乃幸福無比的時光。

「話說原來你不記得了。我明明跟你說過。」

「什麼時候？」

「婚禮結束後。我們去野毛喝酒，去弁天街喝酒，去便利商店買酒到山下公園喝。」

「我們不是醉醺醺地分享了自己的夢想嗎？我說我要去美國實現兒時的夢想——」

喝了那麼多啊？我也逐漸恢復記憶。

「啊！」

「——我則覺得會傷到心愛之人的刺蝟很可憐，要去擁抱那些可憐的小動物。」

沒錯。我想起來了。

我想起我曾經在某個晚上，因為刺蝟進退兩難的處境太可憐而嚎啕大哭。還真是蠢。要說的話，豪豬更慘吧？我確信這是我的黑歷史，悄悄將它收進心中的地下收納空間。

「你這半年又過得如何？」

我點頭回答熙涵的問題。

「超爽的。」

「終於去割包皮了？」

「去死。」

我將智慧型手機螢幕拿給熙涵看。小小的螢幕上顯示著我跟網名「兔羽」的人相談甚歡的對話紀錄。熙涵面露疑惑。

「這是什麼？啊，婚活軟體嗎？你終於從離婚的打擊中恢復啦？很了不起嘛。」

「不僅如此喔。」

三年半前，我跟最愛的人離婚。從那之後我就開始害怕跟女性深交，一直在逃避，不認為自己有辦法遇見「命定之人」。可是，我終於向前邁步了。

「——我結婚了！」

熙涵瞬間愣了一下。

「挺、挺厲害的嘛。雖然有點快……婚活就是講求效率吧。對方可愛嗎？」

「不知道。」

「什麼？」

她直盯著我，眉頭緊皺。

「最近有個叫做盲婚的東西，妳聽過嗎？」

「不知道，而且我有股不祥的預感。」

「雙方都只靠語音或文字訊息交流，實際連面都沒見過。結婚書約用郵寄，交給戶政事務所之後才會見面。」

「喂喂喂喂喂喂。」

熙涵手中的筷子掉了下來。

「你腦子有～～病吧！竟然跟沒見過面的人結婚！」

我能理解她驚訝的心情，也能理解她驚嚇的心情。畢竟這是我絞盡腦汁選擇的方式，一般人不會這麼做。現在我也還是會不安。

「兔羽小姐是我的命定之人！」

——網名「兔羽」。我們透過最近流行的婚活軟體認識，立刻意氣相投，確信彼此是自己的命定之人。這半年來，我幾乎每晚都會跟她講電話聊到天亮。用不著見面，我也深深感受到我們的契合度完美無缺。除了她別無人選，我對此深信不疑。

「就算是這樣，也總該實際見一次面吧？」

「沒辦法。兔羽小姐說她只願意盲婚。」

「什麼？」

「她說絕對不會在婚前跟我見面。」

熙涵拍拍我的肩膀。

「你被騙了啦。」

「不是不是不是！她只是內斂怕生啦！」

黃龍亭的店門在我們大聲嚷嚷時打開。橫濱中華街雖說是觀光區，會在這種時間來這家店的人，頂多只有常客。

「啊！顏，妳回來啦！我好寂寞喔！」

留著公主般的及腰金髮，身穿開衩到大腿處的旗袍，擁有一雙藍眼──看起來可疑得要命的占卜師女孩笑咪咪地走進店內。

她叫做琳格特．曉．霍恩海姆。同為上海莊四〇一號房的房客，喜孜孜地與我們同桌。

熙涵不耐煩地盯著她。

「琳，妳怎麼又穿旗袍了？我受不了妳散發出的角色扮演AV味，離我遠一點。」

琳格特是來日本留學的英國大學生，跟她有關的傳聞五花八門，例如祖先是吉普賽人、真實身分是天才數學家、是留在地底的古代人倖存者，至於哪些傳聞是真的，無人知曉。

一坐到位子上，琳格特就指著我的臉。

「此乃占卜女神Iwas的預言──你今天會遇到命定之人！」

「果、果然嗎！」

她的占卜明明很詭異，準確度卻相當高，在橫濱中華街很有名。我的眼角餘光瞥見熙涵正煩躁地搔著頭。

「其實我今天要跟妻子第一次見面。我們約好晚上一起吃飯。」

「呀──！終於要見面啦！太好了，大吾！恭喜你！」

上一秒還一臉無奈的熙涵突然兩眼發光，抓住琳格特的旗袍下襬。差點走光的琳格特羞得滿臉通紅，逃到我身後。

「『終於』？喂，琳，原來妳知道啊？妳明知道這個白痴在幹盲婚這種蠢事，卻不阻止他嗎？」

「因為很棒嘛！跟長相都不知道的女生只有靈魂結合在一起，為永恆的愛發誓！這才是真實的愛！」

熙涵變得更加傻眼。

「大吾，如果到時見了面，發現對方長得跟鳥山石燕畫的滑瓢（大家也去網路上搜尋看看吧！）一樣怎麼辦？」

「重要的是心意吧！如果她願意愛我，我也會愛她一輩子！」

「……你到底有多傻啊。」

熙涵啞口無言，嘴角卻微微上揚。

傍晚，我依約來到跟「兔羽」約好見面的紅磚倉庫餐廳。太早到對店家不太好意思，所以我在約定時間的五分鐘前抵達。

「請在此稍待片刻。」

我跟著店員來到北歐風水晶吊燈下面的座位，店員便幫我倒檸檬水。周圍全是情侶，還有種浪漫高級的氣氛。

（「兔羽」還沒來吧。）

我發現自己緊張得口渴。我即將跟命定之人第一次見面，所以不能怪我。我強行壓抑住內心的悸動，大口喝下玻璃杯中的水，一直盯著店門口……——店門打開了。

「唔！」

一名優雅有氣質的女性走進店裡，目測近六十歲。她晃著形似儒艮（註：動物，形似海牛）的豐腴肉體，高跟鞋踩得喀喀作響。

（我要愛她一輩子。）

我誠心發誓。她確實遠比我想像中年長，可是戀愛跟年齡無關。她的身材有點不健康，因此跟她一起運動，努力活得久一點吧。

「初次見面，我是御堂大——」

「這位客人，請跟我來～」

店員直接從我的座位旁邊走過去，帶著像儒艮的女性進到店內。

（不是那個人嗎！）

我鬆了口氣。自己狹窄的心胸，使我有點受到打擊。

「——你就是『御堂大吾』先生嗎?」

聲音傳入耳中。宛如初冬的初雪優美靜謐,一移開視線就會融化般的聲音。

轉頭一看,白皙的少女映入眼簾。對方是名帶著紅眼的白化症少女。我瞬間心想:「難怪她不跟我見面。」是個稍微碰觸就會破碎的夢幻少女。她晃著雪白的頭髮凝視著我。

「對、對。我就是御堂大吾。請多指教。」

「請多指教」?開口第一句就是請多指教,感覺好蠢。假如我能講出更貼心的話就好了。儘管理智上明白,大腦卻一片空白。

(因為通常不會想到是這麼漂亮的女生吧?)

這個人就是我的妻子嗎?我的命定之人?這麼漂亮的人?

我像錫兵玩偶一樣,用僵硬的動作朝「兔羽」伸出手。我在幹嘛啊?正常人會握手嗎?

啊——緊張得大腦都錯亂了!

「咦?啊,請多指教。」

她有點驚訝,然後用明顯不知所措的手回握我。

(好小好冰的手。)

咦?奇怪,我感受過這個觸感。為什麼?我曾經握過她的手。

(我見過這個女生嗎?)

這麼引人注目的女生，見過面就不可能忘記。

——總覺得突然聽見鐘聲。這肯定是錯覺，不過這陣鐘聲實在太有真實感。與此同時，有種世界扭曲的感覺，彷彿被強大的重力吸引。有東西進入我的腦海。非常大膽且猖狂地。是記憶。我的記憶。遙遠往昔的記憶，跑進了我心中。

（她的小手，是我絕對不能放開的事物。）

☆

世界滅亡了。

——不對，正確地說是在滅亡途中。

西元一九六二年的冬天，橫濱市遭到災厄吞沒，而我們逃了出來。浮現於漆黑夜空之中的，是巨大的湛藍隕石。嚴重異常的重力將地球搞得一團亂。

（必須快點帶她去搭乘銀河列車。）

現在的狀況只能用絕望兩字形容，星空卻像在自暴自棄似的閃閃發光，銀河列車在銀河上疾駛。我們拚命趕往那再明顯不過的最後希望。

「主人，請到這邊。」

拉著我的手的，是一名高挑白皙的白化症女性。綴有荷葉邊的髮箍和輕飄飄的女僕裙於空中飄揚，被鮮血濺得滿身是紅。

「獅子乃小姐，妳真的好傻。」

——她名為千子獅子乃。是直到最後都沒有拋棄我的唯一一人。

「主人才傻。」

我遍體鱗傷，骨頭好像也斷了好幾根。儘管如此，我們兩人仍然努力逃離崩壞的地球。一面閃躲奇美拉殭屍的屍體，一面仰望人工惡魔的碎塊，同時切身感受世界的終結。

（我怎麼樣都無所謂，可是我必須保護獅子乃小姐。）

當時我只是個十四歲的笨小孩，不知天高地厚。獅子乃小姐則是使用穿孔槍（Hole Gun）的高手，戰鬥對她來說只是小菜一碟，是名無所不能的成年女僕。而我則是隨處可見、一無是處，而且無聊透頂的平凡小鬼。

「站住——！千子獅子乃！御堂大吾！」

有人在呼喚我們。到底是誰？

「哇——！世界真的要滅亡了！」

「趁黑夜迎來終焉前！快去追御堂大吾————！」

背後傳來尖銳的轟隆聲，那是空氣力學車（Floater）奔馳的聲音。喔，我想起來了！是「無限隧道教會」！他們好像吆喝著追著我們。世界都快滅亡了還這麼虔誠，真是值得讚許。

「主人！」

「無限隧道教會」的成員死命追著我們。一輛空氣力學車啟動珍貴的簡易傳送門，懷著玉石俱焚的覺悟逼近我們，獅子乃小姐抱緊我衝進草叢。雖然我們在千鈞一髮之際逃掉了，狀況並沒有好轉。

「獅子乃小姐，別管我了，妳一個人逃走就好。還有銀河列車的車票吧？」

「笨蛋。」

她用泛著淚光的雙眼瞪著我。

「請您別再說『一個人』這種話了。我不怕子彈，世界末日也不放在心上。我從未害怕過受傷或死亡。」

可是——她輕笑出聲。

「要是跟您分開，我會壞掉。」

這抹笑容究竟有多少價值呢？把我這輩子的財產統統加起來也望塵莫及。她肯定就是我的一切。

我們在草叢裡壓低姿勢握緊彼此的手，躲在黑暗和世界崩壞的喧囂聲夾縫間不斷前行。進入森林後，「無限隧道教會」好像跟丟我們了。不能大意。我們只相信彼此的體溫，往目的地前進。

「主人，您看。」

我們抵達一座小丘。跟那傢伙應該是約在這裡見面才對。

「沒有半個人。」

沒有半個人。那裡空無一物，就只是塊適合欣賞世界滅亡的高地。

「哈哈哈。」

獅子乃小姐笑了，當場癱坐在地。以禮儀端正的她來說真稀奇。我也坐到她旁邊，倚著她的身體。獅子乃小姐立刻把頭靠到我肩上，這個舉動十分惹人憐愛。她難得像這樣跟我撒嬌，嚇了我一跳。

「對不起，主人。」

「……沒關係。我反而很高興。」

「為什麼？」

「因為最後可以跟妳在一起。」

她紅著臉注視著我。

「我愛妳。」

「……您這是從哪裡學來的？裝什麼成熟。」

我只是想掩飾害羞。因為那個獅子乃小姐居然露出小女生般的表情，看著我的視線有如墜入愛河的少女。那個總是成熟冷靜的女僕小姐。

「我想說都最後一刻了，要來個帥氣的收尾。」

我試圖找藉口幫自己羞恥的發言開脫，接著獅子乃小姐帶著泫然欲泣的表情笑了出來。

「不是最後。」

她使勁握住我的手。儘管有點痛，這不構成我拒絕她的理由。我反而想更深刻地感受這份痛楚，好讓自己永遠不會遺忘。

（好小好冰的手。）

當時的她理應比我還要高，她的手卻又小又纖細，十分可愛。

「不是最後是什麼意思？」

我懷著一絲希望詢問。獅子乃小姐的紅眸直盯著我。

「──因為我們經由命運連繫在一起。即使在今日死去，總有一天也還會再見面。」

縱然我沒樂觀到相信這種沒有科學根據的無稽之談，但願如此。拜託要是如此。如果我們能再次相遇，我有很多事想做，有很多話想說。「命運」──我只能選擇相信聽起來並不可信的那東西。

「下次見面的時候，請您一定要娶我為妻。」

「噹！」──鐘聲響起。那陣鐘聲捕獲我的思緒，將它帶到完全不同的另一個世界。

■

我清醒過來。不對，等一下。我現在是從什麼東西之中「清醒過來」？

（剛才看見的東西是怎麼回事？）

我環視周遭。這裡是紅磚倉庫裡面的高級餐廳。我拿出智慧型手機確認日期，現在是二〇二三年，不是一九六二年，世界沒有滅亡。

「那個，你差不多該把手放開了吧？」

白化症少女一臉疑惑地看著我。我放開她的手。她的眼睛有如一朵紅花。我認識理應是初次見面的她。不可能忘得了。

「……獅子乃小姐？」

白化症少女身體一顫。

「你怎麼知道我的名字……」

（真的假的。咦？「獅子乃」真的是她的本名嗎？）

眼前的白化症少女，相貌跟我剛才在奇妙畫面中看到的的「獅子乃小姐」一模一樣。差異只有不是穿女僕裝，以及身高矮了不少。換句話說，她們真的是同一個人嘍？

（這麼說來，我剛剛看到的畫面該不會是……？）

——前世的記憶？

這樣就說得通了。獅子乃在夢中說我們「還會再見面」。由於我們經由「命運」聯繫在一起，「來世」還會再見。我和獅子乃小姐在一九六二年滅亡的地球相愛過。不知道是什麼原因，我們再次相遇了。

（這個女孩真的是我的「命定之人」。）

感覺到心臟在怦通狂跳。意識到自己遇見了該遇見的人。因為當時我有很多話想對她說，有很多事想跟她一起做。儘管前世的記憶在腦中縈繞不去，我依然拚命故作鎮定。

我拉開椅子給她坐。她有點困惑的樣子，為什麼呢？我努力用乾巴巴的喉嚨擠出第一次約會適合說的話。

「老實說我很驚訝……沒想到妳這麼漂亮。」

說不定有點做作。不過既然是婚約對象，講這種話應該沒關係吧？我如此心想，她的反應卻出乎意料。

「什麼？」

聲音很冰冷。獅子乃用難以置信的眼神看著我。為什麼呢？

「呃、呃，如果我讓妳覺得不舒服，我道歉。但我真的嚇了一跳。」

「……畢竟我的外表是這個樣子，嚇到你了吧。」

「不是的！我不是那個意思。妳真的很漂亮……」

她用冰冷的眼神瞪著我般的看著我。到底為什麼呢？

（難道是不喜歡別人談論自己的外貌嗎？她都選擇盲婚了，我看最好避免聊到這個也說不定。）

作為替代，我選擇提出安全的問題。

「妳要喝什麼？聽說這裡的紅酒很不錯喔。」

「咦？」

「咦？」

一臉錯愕地互相凝視的神祕時間降臨。

「我今年十六歲，還沒成年。」

⋯⋯⋯⋯⋯⋯⋯⋯⋯⋯⋯⋯⋯⋯⋯⋯⋯⋯⋯⋯

（這是怎麼回事？）

真是莫名其妙。喂，等一下。這是怎麼回事？我再次認真觀察，經她這麼一說，她看起來確實挺小的，只不過獅子乃小姐是位冷靜成熟的女性，所以我剛才沒發現。

（十六歲？十六歲⋯⋯好吧，這個年紀確實可以結婚啦。）

可是十六歲能用婚活軟體嗎？再說她為什麼要用呢？

「所以妳是高中生嗎？」

「國三而已。我從小體弱多病，晚了一年入學。」

國三。

（咦？等等，真假？現在是什麼狀況？）

我跟國三女生結婚了嗎？的確，結婚書約是我先簽名再寄給她，所以我不知道她的真實年齡，還以為她肯定跟我同年代。「兒少法」三個字浮現在腦海，太恐怖了。

「怎麼了嗎？你臉色好差，很煩惱的樣子。」

當然會煩惱嘍。例如：「這個年齡差不太妙吧？」、「跟國三生結婚，這個社會會允許嗎？」、「我們是你情我願，應該不構成犯罪。」最重要的是——

（獅子乃妹妹是我的命定之人。）

剛才看見的「夢」，一九六二年的冬天——那個夢境是什麼，說實話我毫無頭緒。可是直覺告訴我，它非常重要。

（前世我深愛著她，並且發誓來世也要愛著她。）

——年齡不是重點。管她是十六歲還是五十歲，我早已作好覺悟。

「我會讓妳幸福。」

「咦？」

「只要我們一起變老，變成老爺爺和老婆婆，年齡差根本沒有關係。總有一天，我一定會讓妳慶幸跟我結婚。我會努力帶給妳幸福。」

「那個……」

「我們不是會講電話或傳訊息聊天嗎？偶爾明明傍晚才開始聊，回過神來已經深夜了，真的好愉快。聊了那麼多……我覺得可以跟妳建立幸福的家庭，希望妳也這麼想。儘管將來應該有很辛苦的一段路要走，一起加油吧。」

我握住她的手——卻馬上被甩掉。

「咦？」

「那個，請問你到底在說什麼啊？」

「你是不是誤會什麼了？你是御堂大吾先生對吧？真的是？」

「對、對啊。妳是『兔羽』對吧？」

「兔羽？」

「網名『兔羽』。難道不是嗎？」

她目瞪口呆地看著我。

「『兔羽』是我姊姊。」

「……姊姊？」

「等一下。你不知道嗎？兔羽沒先跟你說過嗎？」

「對、對不起，我現在一團混亂。妳不是『兔羽』嗎？」

她困擾地搖搖頭，柔順的白髮左右搖晃。

「我是千子兔羽的妹妹千子獅子乃。簡單來說，我是你的姨妹。」

慢著。那麼我剛剛作的夢是什麼？我的命定之人不是她嗎？大錯特錯的意思嗎？總而言之，這代表——

——我的命定之人，是妻子的妹妹？

# 第二話　獅子不會掉進洞裡

我叫做千子獅子乃，是千子家的次女。

千子家是源自江戶時代的名門，本來靠紡織業賺了一筆錢，乘上戰後的激浪，到了現代依然持續在累積財富，是個歷史悠久的家族。儘管如此……

——爭產和繼承問題那些事情超麻煩。

「呀啊啊啊！叫救護車！快叫救護車！」

姑姑大聲尖叫，飯店的工作人員們驚慌失措。我看著那些緊張地大吼大叫的人們吃掉剩下的蛋糕。

「血！我流血了！」

叔叔的額頭插著一根叉子，鮮血如水槍一般從傷口噴出。

犯人叔公則被叔叔一拳擊中下巴，昏了過去。嬸婆則跟另一位叔叔扭打在一起，高級蕾絲被扯得破破爛爛。不只大人們，我那五個堂表兄弟姊妹們也在大聲吵架。華美的飯店大廳已然化為地獄——這場騷動的起因在於我的姊姊。

因為她這個遺產的正式繼承人，留下一張寫著「剩下的事情就由大家好好商量決定嘍？」的紙條失蹤了。

（那個吊兒郎當的笨姊姊！）

話雖如此，我能體會她的心情。爺爺的遺產換算成實際金額，差不多值五千億日圓以上。有那麼多錢只會把人生搞得一團亂，在被捲入這種糾紛前溜之大吉，反而該誇她聰明。

「對了！乾脆平分給在場的所有人吧！」

「……意思是，如果有人死了，就能分到更多錢？」

眾人目露凶光拿起刀子，呼吸急促。真的要出事了。

「我、我差不多該走了……」

我急忙逃出飯店，回到千子家。

三天後，更嚴重的問題發生了。

『千子夢久夫妻死亡。』

看到姑姑夫妻的名字出現在新聞標題，我馬上察覺到千子家正式開戰了。這樣下去，他們不知道何時會對我伸出魔爪。

平凡的國中女生不可能處理得了這種有火藥味的事，我便打電話給姊姊。

「姊姊！妳現在到底在哪裡！」

『咦——？我在栃木呀。這裡超無聊的。哈哈哈～』

姊姊講這種會引起紛爭的話真的跟呼吸一樣自然耶！

「……其實發生了這種事。」

『笑死。』

「小心我揍妳一拳喔。」

畢竟有一半是妳害的。

「最近家裡的監視攝影機拍到了可疑人士。照這個情況看來，我絕對會沒命。」

『那我勸妳最好趕快逃走。』

「……可是，我不知道要逃到哪裡。」

我只是一個國三生，這個年紀絕大部分的飯店都不會讓我單獨入住。親戚沒一個可信的，千子集團又太過巨大，逃到哪裡都可能有人在監視我。

『嗯～那要不要拜託我老公看看？』

「…………………」

——她剛才說什麼？

「老公？什麼？誰？」

『我最近結婚了。他應該可以信任。』

我一個字都沒聽妳說過。咦？我姊結婚了嗎？什麼時候？我們好歹是唯一的一等親，我為什麼不知道？

「話說妳還是學生……！」

『啊，年齡要對他保密喔。我騙他說我二十三歲。』

我無言以對。

「妳這個神祕主義者，為什麼那麼重要的事都沒跟我提過～～？」

『抱……抱歉、抱歉。我也沒料到會發生這種事嘛～～？』

還以為討厭男人的姊姊不會跟任何人交往。

不知不覺她竟然結婚了。姊姊還是一樣亂來。

『我們正好約了今天要吃飯。我會先跟他說明獅獅妳遇到的問題。』

「這、這樣呀。那就麻煩他吧？」

『店名和地址等等傳給妳。』

「好。妳也會來吧？」

『是有這個打算。』

「嗯。」

『不、不過！我還沒作好心理準備啦～～！』

「……什麼意思？」

姊姊還是一樣莫名其妙。不過，既然是姊姊選擇的對象，照理說不會是壞人——

——於是，我見到了「御堂大吾」先生。

「姊姊什～麼都沒跟你說嗎？」

「……沒有。」

他臉色鐵青，肩膀顫抖不已，同時冷汗直流。

（這個人就是姊姊的丈夫呀……）

看起來有點靠不住，身材卻挺魁梧的，是個有男人味的男人。原來姊姊喜歡這類型嗎？好意外。

「唔哇！我的智慧型手機沒訊號！難道是它害的嗎？」

他盯著智慧型手機唸唸有詞。嗯，就算是那個輕浮的姊姊，也至少會跟人家說一聲吧。只是他沒收到訊息。

（這個人是不是挺迷糊的呀？）

「那個，為什麼你會把我誤認成兔羽呢？」

「咦？」

「因為我跟姊姊長得一點都不像，沒道理認錯人。」

這次換成他錯愕地看著我。

「『兔羽』沒跟妳說過嗎？」

「咦？」

他向我說明事情經過。他透過婚活軟體認識姊姊，而且聊了很多。他們是盲婚，所以結婚前從來沒有見過面。

——然後今天是他們第一次見面的日子。

「姊——」

「……『姊』？」

「姊姊那個輕浮女————！」

我忍不住大吼，馬上發現四周的人在看我，清了下喉嚨坐回椅子上。身為一名淑女，真是太失態了。我得冷靜下來。

「我代替姊姊向你道歉。我那腦袋有……我那有個性的姊姊給你造成困擾了。」

「你剛剛是不是想說她腦袋有問題？」

「盲婚」？的確是那個姊姊會玩的「遊戲」。她一直都是那樣，只要自己開心，什麼都無所謂。想到什麼做什麼，把周圍的人全部拖下水，把事情搞得一團亂、笑夠之後就會立刻玩膩，再度拔腿就逃。

如此反覆。我的姊姊就是那種人。

「我勸你最好儘早抽身。御堂先生，你被騙了。她八成只是在玩你。你應該也曾經起疑過吧？」

御堂先生露出淡淡的苦笑。

「……跟『兔羽』聊天真的很開心。」

「咦？」

「我想永遠跟這個人在一起。『兔羽』肯定也是這樣想。我們從來沒見過面，但我很認真，不是隨便玩玩。」

這番話異常誠懇。在這個狀況下，他居然還有自信斷言？

（好傻的人。）

唉，沒辦法。我姑且提醒過他了，剩下只能讓他自己嘗嘗苦頭吧。

「那我要走了。」

「咦？為什麼？」

「……不能再給你添麻煩。」

他笑了笑。

「妳很傷腦筋吧？無處可歸吧？放心，我會想辦法。」

「那個，雖說我在法律上是你的姨妹，你沒有義務做到這個地步……」

「跟義務無關。」

他凝視著我，一副理所當然的態度。

「有人遇到困難，所以我要幫忙。就這麼簡單。」

「…………」

哪有那麼簡單。你沒發現現代社會很複雜嗎？

（真的好傻。）

不過，不會傻得令人反感。我有點明白姊姊為什麼會選擇這個人。

（咦？）

與此同時——我發現到。

（我好像在哪裡看過他的笑容……？）

在哪裡呢？想不起來。他的笑容。明明是不能忘記的事情。

御堂大吾先生。今天初次見面的姊夫。可是——

（我見過這個人。）

心情莫名躁動。心臟在隱隱作痛，一瞬間有點想哭。

至於原因為何，我毫無頭緒。

晚上的橫濱被七彩光芒籠罩，夜風拂過我的髮絲。

「今天先住我那裡吧。」

御堂先生走在我前方不遠處對我這麼說。

……咦？等等，意思是叫我住他家？

「你跟家人住在一起嗎……？」

「我嗎？我一個人住一房。」

「一房……？」

我、我知道一房是什麼。在電視劇裡看過。是那個對吧？庶民住的小房間。跟我家的倉庫差不多大。嗯。我知道。不過……

（在一個小房間裡面，跟御堂先生共度一夜？）

這樣問題可大了。孤男寡女待在狹窄的密室內。一個是已婚人士，一個是未成年人。非常不妙吧？

（可是人家好心想幫我。對庶民來說這麼做說不定很正常……！再說懷疑人不太好！）

我東想西想，提出最關鍵的問題。

「那、那個！有兩床被子嗎！」

「啊，不是、不是。我是公寓管理員，裡頭有多的空房，妳可以先睡那裡。」

原來如此。

「怎麼了，獅子乃妹妹？妳的臉好紅。」

「……我只是在一個人胡思亂想，請你不用介意。」

大吾先生帶我來到位於橫濱中華街的狹長型公寓，老舊卻整理得很乾淨的小建築。旁邊有家大間的中華料理店，門口是炒栗子的攤販。他在二〇一號房門前按下電鈴。

「怎麼？是大吾啊……嗯？她是誰？」

從門後出現的，是黑髮綁成短短兩條雙馬尾，像個小女生的女性。

（……這個人只穿一件T恤！）

她穿著皺巴巴的T恤，下面只有一條內褲。這是多麼不知羞恥的打扮啊！竟然穿成這樣出現在男性面前，換成是我，會覺得自己嫁不出去。

「她是我的姨妹，獅子乃妹妹。獅子乃妹妹，她是我的朋友顏熙涵。」

「您、您好……」

「哦～」顏小姐盯著我，然後不耐煩地嘀咕：「進來吧。」大吾先生面不改色地走進她的房間。

（一副很常來的樣子！）

我不知所措地跟在他後面。那是一間有菸味的小套房。

（我只有在電視上看過這麼小的房間！好像地精住的倉庫。）

儘管受到文化衝擊，我似乎要由她照顧。雖然明天大吾先生會幫我整理出空房，今天要先借住在她家。

「打、打擾了。」

顏小姐一臉不耐——卻不會讓人覺得不舒服——答應這個要求。

「那麼晚安，獅子乃妹妹。」

「好的。晚安，大吾先生。」

我小聲說道，大吾先生輕笑著回答：「晚安。」

（咦？果然——）

跟他說「晚安」。他回答我「晚安」。以淺笑回應對方。這令我感到些許懷念，心裡突然流過一股暖流，腦袋空空的，心頭一緊。

宛如與初戀對象重逢的少女。

（呃，我在想什麼呀！）

他是姊姊的丈夫耶。真是的，我染上奇怪的感冒了嗎？

■

收留獅子乃妹妹的我，來到收訊良好的公寓頂樓。我去便利商店繳了智慧型手機費，打開「兔羽」傳的訊息，內容寫著她晚上不便前來赴約。這麼突然她也很抱歉，不過希望我幫忙照顧她的妹妹。她現在超忙的，可能要過一陣子才能見面。

以及——今晚想跟我講電話。

我有點緊張，打電話給「兔羽」。電話響了幾聲。她已經睡了嗎？過沒多久，聽筒便傳出電話接通的聲音。

『好痛。』

是她的聲音。

「怎麼了？」

『不小心撞到頭了。好痛喔——』

「怎麼會撞到頭？」

『……因為你沒回我訊息，也不打電話給我。我放你鴿子，以為你生氣了，一直在擔心。你打電話來的時候，我剛好在洗澡，就衝出來接電話，結果滑倒了。』

我的妻子怎麼這麼可愛。我沒見過她，可是真可愛。

「對不起，我沒看到訊息。獅子乃妹妹現在住在我這棟公寓裡。」

『這樣呀，太好了……獅獅沒事吧？』

「妳叫她獅獅嗎？她是個好孩子。」

『哼哼～雖然性格有點難搞，畢竟是我可愛的妹妹嘛。』

難搞？我倒覺得以國三生來說，她太懂事了。

關於獅子乃妹妹，有個更重要的問題——

（那個一九六二年冬天的夢是怎麼回事？）

我和獅子乃。地球崩壞和異教教團。我們發誓要在來世相愛。那果然只是夢嗎？感覺異常真實。在夢中看見的獅子乃，跟今天初次見面的獅子乃妹妹表情完美重疊。看到她的時候，會有種奇妙的心情。

我儘量不去想那件事。因為我的妻子是「兔羽」。

「我開始想親眼見到『兔羽』了。」

『唔喔！對、對不起～～！我有點忙不過來……就只是這樣。』

「沒關係。人生的路還很長。」

『……嗯。』

她的語氣是發自內心感到愧疚。遺憾歸遺憾，聽到這種聲音，我只能體諒她。

『我也想快點見到你。是真的喔？』

「我知道。」

我知道。所以我才會跟她結婚。因為我了解這個人。

『……獅獅很漂亮對吧？』

「是啊。說實話我嚇到了。」

頭髮和肌膚都白皙如雪的白化症少女。有如從故事書裡跑出來的妖精，抬頭挺胸，姿勢端正。從來沒看過比她更適合美麗一詞的人。

『我比她更口愛喔。』

「……真的假的？」

嗯，不過，我想也是。因為「兔羽」跟獅子乃妹妹有血緣關係嘛。

『敬請期待。』

「妳把難度調得很高喔～沒問題嗎？就算妳打扮得跟犬神家的佐清一樣，我也會愛妳一輩子。」

『哈哈哈。你真的超狂的。』

我們在冬天寒冷的夜空下聊個不停。聊今天發生的事。聊彼此的事。

『順便說一下。』

「嗯。」

『我有H罩杯。』

「…………………」

我有時會害怕，到底會出現什麼樣的妻子。

天亮時，我在自己的房間裡醒來。我住的一〇一號房跟其他房間比起來雖然小了許多，反正只是用來睡覺，所以沒什麼關係。我打著呵欠坐起身。

（得請熙涵吃頓飯，答謝她的幫忙。）

現在時間是早上九點。昨天我跟「兔羽」聊得太晚，有點睡眠不足。我迅速換好衣服準備走出房間，一開門就發現有人站在外面。雪白的頭髮——是獅子乃妹妹。

「嗚喵……！」

一看到我，她發出討厭洗澡的貓被抓去洗澡的叫聲，往後彈開。

「咦？獅子乃妹妹，妳怎麼了？」

「沒事。那個，呃……就是，顏、顏小姐有事找你。」

「啊，這樣啊。謝謝妳。」

不過——

「妳可以按門鈴啊。」

「唔！」

獅子乃妹妹移開視線。

「……我好像怪怪的。」

「怎麼了？」

她低下頭，臉頰有點紅，聲音也有點在顫抖。

「從昨天開始，不知為何想到……先生時，胸口會有奇怪的感覺。」

「胸口奇怪？」

我盯著她的洗衣板。

「你是不是對我平坦的胸部產生失禮的感想！」

「沒、沒有啊。」

她瞇眼瞪著我，立刻像要逃跑似的轉過身。

「總、總之，我把話帶到了。我要走了。」

「啊，等等。」

我在她準備走掉時，抓住她的手腕。

「嗚喵啊！」

「不要緊吧？妳的臉從剛才開始就超紅的，是不是感冒了？」

「我咪有生病……所以，手。手！」

她甩掉我的手，跟貓一樣哈氣威嚇我，緊接著露出要哭的表情，紅著臉跑掉了。跑得好快，她有在練田徑嗎？

（獅子乃妹妹的手。）

好小好冷。我還是覺得自己握過她的手。

不，是錯覺吧。我搖搖頭，前往熙涵的房間。

「那麼——！讓我們為上海莊的新房客！千子獅子乃小姐的健壯？健康？不知道啦！總之為她祈福吧！——乾杯！」

「「「乾杯！」」」

為什麼會變成這樣？

上午，我們在山下公園面海的草地上鋪了蓆子，手拿便宜的氣泡酒。

琳格特任憑金髮隨風搖曳，大聲吶喊：

「平日大白天喝酒最棒了！獅子乃妹妹也喝吧喝吧！」

「笨蛋，別讓未成年人喝酒。（手刀）」

「大吾好死板！（使出全力的空手奪白刃）」

我說要請熙涵吃飯，答謝她幫忙照顧獅子乃妹妹——被琳格特撞見這樣的場景，又被她擴大解釋，結果上海莊有空的房客統統跑來參加了。這裡的房客非常喜歡宴會，坐在我旁邊的熙涵笑得合不攏嘴。

「用別人的錢喝酒最～好喝了。大吾，來點餘興節目吧。」

「我還得弄一間房給獅子乃妹妹住耶。牽電、牽瓦斯……」

熙涵一口氣喝光罐裝啤酒，憑藉她的握力把罐子捏爛。

「嘿，琳。」

「叮咚！有什麼吩咐嗎？」

「唱首歌來聽聽。」

琳格特賣力地邊唱邊跳七〇年代的偶像歌曲。

「哈哈哈。」

這些傢伙都不覺得丟臉嗎？山下公園可是橫濱首屈一指——不對，是神奈川縣首屈一指的約會勝地。平日正午還是有許多男女經過，我們超級引人注目。

我側目觀察她的反應。被這群怪人包圍，她會不會很困擾呢？

（獅子乃妹妹沒事吧？）

「…………」

她晃著雪白的頭髮，瞪大眼睛凝視便利商店的點心。

似乎在絞盡腦汁思考要吃哪一種。這孩子真是不簡單。

「啊，大吾先生，辛苦了～」

「啊，社長。」

一位眼睛細長的高大帥哥突然接近我們。身穿看起來價格不菲的西裝提著大紙袋，面帶溫和的微笑。

他是上海莊的不動產公司社長——玉之井昌克先生。

「咦？社長，你來幹嘛啊？」

「咦？有人跟我說大吾先生有事找我，叫我帶點心和酒過來……」

我們驚訝地面面相覷。看到社長手中的大紙袋，琳格特叫道：

「食物來嘍——！」

「大吾月薪那麼低，買得起的東西有限嘛。」

公寓房客搶走社長帶來的食物，挑起自己想吃的東西。意識到狀況，社長睜大眼睛。

「……我被騙了？」

「……來都來了，一起喝酒吧。」

這位社長有錢有才又長得帥，卻過於善良、容易被騙，上海莊的房客常拿他當玩具玩。社長跟我同年，所以我私下和他關係不錯。我們隨便坐到蓆子上，用啤酒乾杯。

「你還是一樣忙呢，大吾先生。」

社長看著在我身後鬧得更瘋的房客喃喃說道。他經常過來玩，因此非常了解我們。我苦笑著點頭，沒有明說什麼。

「然後，社長，謝謝你願意讓獅子乃妹妹住在這裡。」

「不用客氣啦。畢竟我已經把那棟公寓交給你管理了。」

如果要把上海莊的其中一間房間給獅子乃妹妹住，就得先跟管理公司的人談……不過社長人那麼好，我知道他會二話不說就答應。

社長笑著將一個小紙袋遞給我。

「對了，恭喜你結婚了。送你優格機。」

突然接觸到正常人的溫暖，害我有點不知所措。

■

我被抓去非常參加熱鬧的宴會，嚇得目瞪口呆。

「哈哈哈！給我喝！大吾，你給我喝！嘻嘻嘻。」

「了解！參賽選手一號大吾要上了！表演連喝十杯龍舌蘭！」

「死亡是救濟！唯一的救濟！學會否定生命，人類才稱得上活著！」

「啊，你們看！是日本燕魟！我釣到日本燕魟了！」

太慘了。

（還以為大吾先生跟社長算正常人。）

發酒瘋發得最厲害的就是大吾先生，社長則突然開始在山下公園釣魚。他紅著臉幫日本燕魟拆下魚鉤的模樣，只能用怪人兩字形容。仔細一想，身為社長竟然在平日正午喝酒，光這件事就代表他不是正常人。

（酒好恐怖。）

成年後還是淺嘗即止吧。我觀察著這些沒救的大人，下定決心。

「——大人的心靈被巨大的重物壓著，喝酒的時候會覺得它變輕了一些。雖然是錯覺就是了。或是他們自己也明白。」

身旁突然傳來聲音，於是我望向聲音的來源，對方是個揹紅書包的小女生——年紀大概九到十二歲？——懶洋洋地盯著這群大人。那個女生長得挺可愛的。

「我叫做玉之井結衣。那個人是我愚蠢的哥哥。」

「啊，社長的妹妹？」

經她這麼一說，細長的眼睛確實挺像的。兄妹倆的五官都端正得嚇人。

「妳就是上海莊的新房客嗎？真是辛苦耶。」

「我現在也深刻體會到了。」

姊姊回來前，我要在大吾先生的公寓叨擾。

（……竟然這麼快就答應讓不認識的人借住，他真的好傻。）

畢竟什麼時候被騙都不知道。算了，不關我的事。大吾先生跟我沒關係，我對他也沒興趣。因為他只是我的姊夫。

「妳叫獅子乃吧？這名字真棒。」

結衣笑了笑。她用如同彈珠的眼睛觀察我之後說：

「——妳喜歡阿吾嗎？」

「嗚喵！」

她的語氣平靜如水。突如其來的問題，導致我驚訝得僵在原地。

「為為、為什麼突然問這個？」

「因為妳一直不停偷看他。」

「那是因為！」

從他身上感覺到的既視感和懷念的心情。聽見大吾先生的聲音，看著他的臉，我總會心跳加速、臉頰發燙，簡直就像戀愛中的少女找到命中注定的王子——這種事情明明不可能！

（我到底出了什麼毛病！）

我自己都搞不懂自己。憑空而生的強烈情緒，令我不知道該如何是好。我從來沒有因為看到男性而小鹿亂撞過。

「我要表演模仿秀！海蛞蝓！（大吾）」

「超無聊的，閃邊去啦——！」

……不過看到他喝醉的模樣，怦通狂跳的心臟一秒就安靜下來了。

「呵呵，妳像個還不知道戀愛是什麼的小孩呢。」

「妳說什麼！」

結衣笑得跟外國電視劇女演員一樣。我咬了口便利商店的巧克力。

「我、我對戀愛一點興趣都沒有。畢竟世上充滿許多有趣的事物。談戀愛僅僅是沒自信的人，想從他人身上找到自身價值的行為。」

至今以來——我從未對男性產生興趣過。大吾先生也是，我並不是對他有好感。只是看到他的時候心情會莫名躁動、呼吸急促、臉頰發燙、心跳加速，然後下腹部有點癢。

結衣像個大人似的輕笑出聲。

「放心，現在妳的命定之人出現了。」

「唔！」

「談一場椎心刺骨的戀愛，弄得遍體鱗傷，儘管如此仍舊無法放棄，總有一天會遇到真正的愛——專屬於妳的寶貴戀情。」

現在的小學生這麼早熟嗎？總覺得她比我更成熟。我雖然沒談過戀愛，也對談戀愛沒興趣，「命定之人」一詞卻引起了我的好奇心。

（可、可是，大吾先生不可能是那個人！）

因為那麼傻的人並不符合我的喜好，而且他是姊姊的丈夫，怎麼可能會是他。我對他毫無興趣！

「——獅子乃妹妹。」

光是被他的聲音呼喚名字，心臟就劇烈跳動。轉頭一看，是大吾先生。不過，還沒轉頭我就知道是他了。

（咦？他的睫毛原來這麼長啊？）

我的臉當場紅得跟煮熟的番茄一樣，全身僵硬。他悄聲說道：

「小聲點，不然會被其他人發現。現在大家都喝醉了，可以偷偷溜走喔。」

他用大拇指指向正在大聲喧譁的上海莊房客，壓低音量對結衣說：「剩下交給妳了。」將鋁箔包柳橙汁塞到她手中。

「大人什麼時候才會發現，不是給點獎勵就能操控小孩呢？算了。」

結衣輕輕揮手，做出趕人的動作。大吾先生帶著我邁步而出。不久前還醉得紅通通的臉已經恢復正常，反而是我整張臉都紅了。

■

我帶著獅子乃妹妹走在橫濱沿海的道路上。目的地是路邊的MEGA唐吉訶德。這一帶可以採購日用品的地方，不是橫濱站的友都八喜，就是MEGA唐吉訶德。

「我跟社長談過了，電跟瓦斯都會請人來處理。棉被和冰箱有舊的可以用，可是沒有餐具，最好買一下。我看看喔——還需要什麼東西呢？」

昨晚，我和「兔羽」討論了獅子乃妹妹今後的生活。她父母雙亡，本來跟傭人一起住在千子家。

（真的是千金小姐耶……）

由於如今家裡一團混亂的關係，傭人們暫時休假，她需要找個地方住。

「妳沒什麼行李耶。趁今天買齊日用品吧。」

「……沒關係。用不著特地跑這一趟。」

國三女生要開始在公寓獨自生活，她又是我的姨妹，我想儘量提供協助。畢竟獅子乃妹妹現在處境艱難。

「對不起，突然抓妳來參加宴會。那些人動不動就會找藉口喝酒。」

「我不介意。」

「妳吃了好多便利商店的甜點呢。妳喜歡甜食嗎？」

「算是吧。」

咦？怎麼回事？她冰冷的回答給我一種異樣感。

（好冷淡喔。）

昨晚她明明還會親切地回答我，今天語氣卻特別低沉，有種拒人於千里之外的感覺。而且，她死都不肯看我。

（看到我跟那群白痴鬧得那麼瘋，討厭我了嗎？）

我想跟未來的家人打好關係耶。有辦法逗她開心嗎？

「獅子乃妹妹，妳看。」

「看什麼？」

「海蛞蝓！（搞笑模仿秀）」

「噗噗……………為何突然模仿海蛞蝓啦？」

妳笑了。剛剛不是笑了嗎？被我簡陋的模仿秀逗笑了。妳只是在裝撲克臉不是嗎？這樣反而比較好。看到她有點孩子氣的一面，我鬆了口氣。

「總覺得獅子乃妹妹有點沒精神。」

「咦？沒有啊？我沒事啊？」

「這麼說來，早上妳的臉也很紅，該不會身體不舒服吧？」

難道說為了不讓我擔心，她才會裝沒事嗎？獅子乃妹妹是個與年齡不符的成熟孩子，總覺得她會滿不在乎地逞強。

「我稍微碰一下妳的額頭測溫度喔……」

「嗚喵！」

我一碰到獅子乃妹妹的額頭，她就紅著臉僵住了。我拿自己的額溫跟她比較，果然有點發燒。

「放開我！」

「唔！對、對不起！」

「男性未經允許碰觸女性的肌膚，成何體統。函送偵辦！告上法院！斬首示眾！」

「不、不要講這麼恐怖的四字成語。」

千金小姐在這方面果然很嚴格。她瞇眼瞪著我。

「我討厭你。」

——這句宣言來得太過突然。

「咦咦！好突然！為什麼！」

儘管可以理解獅子乃妹妹對我傻眼，我想不到她討厭我的理由。

「……為、為什麼嗎？呃……」

不對，妳怎麼在煩惱呢？她思考了好一段時間，之後硬擠出一句話。

「……生、生理上無法接受。」

「真是毫不留情耶。」

這樣一來我不是就一籌莫展了嗎？聽說青春期的女生容易討厭跟男生有關的事，就像這種感覺嗎？面對我內心大受打擊，她就像補充般接著解釋：

「不是，那個，我當然很感謝你提供我住的地方，幫了我很多忙。身為千子家的人，這份恩情我一定會還——就算要我付出這條命。」

「拜託不要。」

好恐怖。

「……總之——」

她直盯著我。眼神憂傷，彷彿快要哭出來了。

「別靠近我。別看我……別碰我。」

獅子乃妹妹轉過身，接著拋下我快步離去。

「獅子乃妹妹。」

「請你回去。剩下的事，我一個人就能解決。」

她要與我分別的意志實在太堅定，我沒有勇氣去追她。

「嗚嗚嗚嗚～～！」

數十分鐘後，獅子乃妹妹在我旁邊啜泣。

「原來妳是個大路痴啊。」

「並、並不是。純粹是今天地脈太亂了。」

妳是候鳥嗎？獨自颯爽離去的獅子乃妹妹數分鐘後撞見踏上歸途的我，她表示只是稍微搞錯方向，說完又在數分鐘後撞見我。我喝著咖啡在附近的道路等待，便找到眼眶含淚、徬徨無助的她。

「沒禮貌！我才不是路痴！」

「那妳指出公寓的方向給我看。」

「那邊！」

「反了。」

「嗚喵。」

獅子乃妹妹羞得面紅耳赤。

（就算她看起來很懂事，終究只是國三生。）

我這個大人必須照顧她。總覺得跟以前相反呢，我不禁失笑。

（……以前？）

不對，什麼以前。我跟獅子乃妹妹不久前才見到面。我輕輕搖頭，驅散這個想法。

「我又不是小孩子，放我一個人就行。」

「前面的轉角要往哪個方向走？」

「那邊！」

「反了。」

「嗚喵。」

我夢中的獅子乃小姐沒有這麼孩子氣。她總是板著臉，偶爾展露的笑容十分美麗。絕對不會讓人看到自己柔弱的一面，是個過於強大的人。走錯路害羞地找藉口這種事，天翻地覆都不可能發生在她身上。

（我知道那只是夢而已。）

即使如此，我還是會忍不住拿年幼的獅子乃妹妹跟夢中的獅子乃小姐比較。

「你、你在笑什麼？」

「沒有啦。我覺得妳很可愛。」

獅子乃妹妹跟吉卜力動畫中的角色一樣豎起全身的毛。她的皮膚很白，臉紅時特別明顯。她低吼著瞪向我。

「……討厭。」

「咦？」

「我討厭你這種愛撩人的部分！」

愛撩人。第一次有人這麼說。

「再說！你都有妻子了，還跟一堆女生處得那麼好！現代日本的貞操觀念出了什麼問題嗎！大家不知為何都跟你走得很近！」

「咦？妳這樣覺得嗎？大家都只是房客啦。」

「而且娶沒見過面的女性為妻，未免太輕率了！」

「是沒錯……」

我無法反駁。

「不過，這不構成妳討厭我的理由吧？」

「咦？」

獅子乃妹妹看著我，一臉難以置信。

「……我討厭你。」

然後露出泫然欲泣的表情移開目光。

■

自動門後的世界，無疑是異界。

「嗚喵……！」

大得如同惡魔胃部的店內，擺滿熟悉的零食、存在感太過強烈的鮮豔廣告牌，以及多如繁星的有趣商品。那就是庶民講得好像煞有其事的天外魔境——

（——唐吉訶德！）

輕快的主題曲、過於刺眼的日光燈，還有跟商品完全無關的大水槽！資訊量過多的空間，令我頭暈目眩。

「先去看家電吧。」

「你、你不用跟來，我一個人就好。」

「可是妳絕對會迷路。」

他這麼說，拿出ＭＥＧＡ唐吉訶德的地圖給我看。多到數不清的樓層！跟蟻窩一樣錯綜複雜的貨架！那純粹的物欲，彷彿是將人類的業力扔進鍋裡熬煮提煉而成！

我恐懼不已。

「我、我才不會迷路，不過如果你想跟著我，我並不介意。」

「……我想跟著妳。」

那就沒辦法了。我也不想，可是沒人有資格妨礙他人的決定。我也不想。

（我也不想！）

我鬱悶地別過頭。「這不構成妳討厭我的理由吧？」——這句話於腦中揮之不去，以奇怪的方式刺在我的心底。其原因不明。

（對我來說，他應該是個大好人才對。）

他就只是姊夫，是跟我沒什麼關係的人，幾乎與外人無異。所以請你不要靠近我，我也不想再給你臉色看。

（大吾先生人很好。他只是想照顧我。）

我卻自己在那邊作奇怪的夢，產生奇怪的想法，真的太差勁了。縱使我明白，卻無法控制。一看到他就會非常不安。

——可是，這裡是唐吉訶德！

「首先應該要買微波爐吧。」

「……才五千日圓，這價格有問題吧！」

「還要買盤子和杯子。」

「貓咪的盤子！啊，這個茶杯好可愛♪嗯～要買哪一個呢？」

「還要買新衣服吧？」

「竟、竟然連女僕裝都有賣！啊，沒想到有不少可愛的衣服。」

閃閃發光的世界將我玩弄於股掌之間，連自己剛才在煩惱什麼都忘記，我還真好搞定。資本主義驚人的光芒，照亮了陰鬱的心情。

「還有……」

他支吾其詞，不過馬上移開視線，指向店內深處。

「……是不是也要買一下內衣？」

「嗚喵！」

我面紅耳赤，逃離一般離開現場。其實在便利商店買的內衣，穿起來超不舒服的，所以確實有這個必要。而我完全忘了這一點。

「我在這裡等妳——！」

他看起來很粗線條，這種時候卻懂得察言觀色。我用手背幫發燙的臉頰降溫，迅速將內衣塞進購物籃最底下。

（剛才明明還那麼鬱悶。）

第一次來到的唐吉訶德充滿沒看過的東西，逛起來很愉快，使我有點興奮。跟大吾先生

一起在店裡逛，拿起新奇的商品，尋找新生活所需的東西，跟尋寶一樣……我很高興。

（原來庶民都在這麼有趣的地方買東西。）

我就讀的學校規定放學要直接回家，家裡的管家也禁止我去市街。這裡的商品琳瑯滿目，令人眼花撩亂、心跳加速。不久前陰沉的心情煙消雲散，我稍微冷靜了一點。

（他對我那麼溫柔……我卻對他說了「討厭」。）

怎麼可能討厭。我甚至不知道該如何討厭那麼好的人。可是，我內心的防衛本能在吶喊：「不可以靠近那個人。」、「不可以發現自己心中的『某種情緒』。」、「必須儘快遠離他才行。」

（但那是不合理、不合邏輯的無聊情緒。）

我在內心反省，然後深呼吸。他會成為姊姊的丈夫，我得跟他好好相處。我看著內衣賣場的鏡子，揚起兩邊的嘴角練習微笑。

（好，嗯。沒問題。）

鏡中的我笑得很自然，這樣他應該也會覺得我可愛……？

（不是！我不需要讓他覺得可愛吧！）

又不小心往奇怪的方向想了。我搖搖頭，走回去找他。

「大吾先生，不好意思，讓你久等——」

然而他並不在之前待的地方。他跑去哪裡了呢？

「大吾先生？」

「呀！」

我找了一下，在店裡的某一區發現他專注地盯著某個東西看。

「你在看什麼啊？」

「啊，不是，誤會……！」

他在看的是——女性內衣。而且還是給大人穿的，不如說是大尺碼的。說是大尺碼，其實是G～I罩杯的胸罩。他拿著那種東西盯著看？帶著色瞇瞇的表情？

「……變態。」

「真的是誤會！」

「你為什麼要那麼專注地盯著胸罩看？那樣怎麼想都是對它有異常的執著。」

「不是妳想的那樣！因為『兔羽』說她有H罩杯！」

「咦？」

「我、我就好奇H罩杯有多大。」

沒錯。姊姊的胸部很大，被她抱的時候我嚇了一跳。相較於她，我沒什麼料。如果我穿H罩杯的胸罩，八成會垂到肚臍那邊。姊姊雖然說之後會變大，目前並沒有那個徵兆，只有A罩杯。我氣得握緊拳頭。

「……起我。」

「咦？妳說什麼？」

「你看不起我！因為我是貧乳就看不起我！不要用憐憫的眼神看我的胸部！」

「呃，我完全沒有這麼想啊！」

「那胸部大的女生和胸部小的女生，你比較喜歡哪一個！」

「巨乳。」

「唔呀——————！」

沒關係。之後會長大。你的喜好與我無關！

我含淚將塞滿商品的購物籃拿到收銀臺。

我踏上歸途。橫濱的街道依舊人滿為患。

「獅子乃妹妹？」

雖然背後有東西，無視好了。

「獅子乃妹妹，妳聽不見嗎？獅子乃小姐～～」

無視無視。我沒空聽那種變態說話。

「……貧乳。」

「你好像不想活了呢！」

「妳明明聽得見！」

我賞了他一記低踢作為還擊，之後馬上將視線從他身上移開。

（大吾先生大笨蛋。大吾先生大笨蛋。大吾先生大笨蛋。）

又笨又是花花公子又喜歡巨乳。最討厭這種人了。生理上無法接受。我對他毫無興趣，看到他才不會心跳加速呢。

「啊啊！」

突然有一個陌生的老爺爺嚷嚷著站起來。他盯著震驚的我們走向這邊，用力抓住大吾先生的肩膀。我嚇得發不出聲音。

「哦哦！看看你們做了什麼好事！」

「怎麼了嗎？」

爺爺指向旁邊的大樹。那棵樹開著罕見的純白花朵。

「傳說中在這朵傳說中的花下低踢的男女，最後一定會在一起！」

這是什麼亂七八糟的傳說。

「這朵花一百年沒開了！我也是第一次看到……！你們倆肯定被『命運』牽在一起！要幸福喔。」

爺爺心滿意足地點頭離開。我和大吾先生則面面相覷。

「一、一定是迷信。」

「對、對啊，迷糊老人在亂說話。」

怎麼可能。命運這種沒有科學根據的東西，並不存在於世界上。我和大吾先生被命運牽在一起？我忍不住笑出來。

（絕對不可能！）

我的確從第一眼看到他的時候開始，目光就離不開他，講幾句話便心跳加速。知道我的身材不符合他的喜好時，真的很想哭，不過——

（我跟大吾先生絕對不可能是命定之人！）

忽然吹來一陣風，白色的物體掉在我手中。

「這是……花束？」

看到我們接住花束，新娘和新郎笑著走過來。

「不好意思，我丟歪了！不嫌棄的話，可以請妳收下那束捧花嗎？」

「這、這、這是捧花……？」

新娘笑容滿面地回答我的問題。

「是的！真的很不可思議。教堂離這邊那麼遠，捧花還會乘風飛到這個地方！簡直是『命運』要讓你們收到一樣！」

站在新娘旁邊的新郎露出幸福的笑容低語：

「對了，我們也是在婚禮上相遇的。跟這兩位一樣，妳拿到了捧花……」

「呵呵，對呀，親愛的。當時我對你明明半點興趣都沒有，不知不覺就跟你深深相愛。

接下來就輪到他們兩位了呢♪」

一臉幸福的兩人將純白花束塞給我們，轉身離去。

「——才不是！」

我指著目瞪口呆的大吾先生的臉大叫。

「純屬巧合！我們才沒有被命運牽在一起！」

「我、我知道！我也已經結婚了！」

「你根本不是我喜歡的類型！」

「妳也不是我喜歡的類型！」

「你說什麼——！」

「妳在惱羞成怒什麼啊！」

呃，有道理。我稍微反省一下。畢竟現在是男女平等的社會。我想也是。大吾先生不可能喜歡我這種皮膚蒼白的貧乳女。嗯。這很正常。

「真不好意思，呵呵呵。」

「好恐怖。妳笑得好恐怖。」

明明一點都不重要，卻忍不住反應過度。明明我對這種人毫無興趣。

（這種心情到底是什麼？）

傳說中的花下。新娘純白的捧花。從見到他的那一刻起就在怦通狂跳的心臟。沒有任何意義。不然我會很困擾。因為大吾先生是我的姊夫。

「噢，抱歉。有人打電話給我。」

大吾先生忽然停下腳步，拿出震動的智慧型手機。

（來電鈴聲是我最喜歡的樂團歌曲。大吾先生也喜歡那個樂團啊？）

我瞬間發現這件事，心跳再度不受控制地加速，但我搖了搖頭。

「喂？熙涵嗎？怎麼了？咦？怎麼這麼突然？」

儘管我聽不太清楚，顏小姐似乎著急地講了一連串話。在我一頭霧水時，大吾先生幫忙調成了擴音模式。

『獅子乃妹妹的姓氏是「千子」吧？我覺得好像在哪裡聽過這個姓氏，就去查了一下。你看。』

顏小姐傳了一個網址過來。大吾先生納悶地點了開來。

『千子家爆發騷亂——長女千子兔羽小姐的未婚夫律師工藤刃先生召開記者會』

看來是千子家的顧問律師兼姊姊的未婚夫工藤先生，為千子家的爭產事件召開記者會時的新聞。對我來說全是已知資訊。

「……什麼未婚夫？」

我發現他的聲音在顫抖，轉頭望向他。他瞳孔放大，冷汗直流。

（啊啊，這個人難道……）

他不知道姊姊有未婚夫，姊姊沒告訴他。

「獅子乃妹妹……可以請妳告訴我這是怎麼一回事嗎？」

他臉色鐵青。

千子家權力最大的女性姑婆，某天對姊姊這麼說：

『這個人就是你的未婚夫。』

然後當時在場的人就是工藤刃先生，聽說他是年紀輕輕就在業界闖出一番名號的大人物。可是，比任何人都還要熱愛自由的姊姊，不可能接受政治婚姻。

『如果妳要拒絕這樁婚事，就帶其他男人過來。』

姊姊是千子家本家屈指可數的繼承人，不能讓血脈斷絕。姑婆那麼可怕，要是姊姊敢拒絕，就算要來硬的，姑婆也會逼她結婚吧。

不過，姊姊不可能有「其他男人」。再說她並不信任男性，或者說不擅長跟男性相處（這也是我覺得最奇怪的部分），不可能有男性朋友或男朋友，應該也不會想交。因為她是最喜歡獨處的人。

（所以姊姊才演了一齣戲。）

找個好騙的男人，堅持要盲婚，取得「正式文件」這個可信度最高的證據。她可是個狡猾又擅長操弄別人的人。

這樣一來，一切都說得通了。

（堅持不跟大吾先生見面。突然說什麼要盲婚。更重要的是，從來沒跟大吾先生提過她有工藤刃先生這位未婚夫——）

隔天早上，大吾先生沒有從房間出來。

（昨天晚上的事讓他受到打擊了嗎？）

我將一切全部告訴他。因為我認為這是她妹妹的義務。儘管我頻頻跟他道歉，他只是臉色蒼白心不在焉地應聲，害我良心不安。

「大吾先生，顏小姐問你要不要再一起吃早餐？」

我按下門鈴，可是房間裡沒有任何聲音。我默默離開，跟顏小姐和琳格特小姐會合，前往「黃龍亭」。

「大吾被當成工具人了。」

我的姊姊是個熱愛自由的人。是個對任何人都沒興趣、隨心所欲，然後會獨自放聲大笑的人。若是為了自己的自由，她會不擇手段。

「……我還是搬出這裡比較好吧。」

「啊？為啥？」

「因為姊姊騙了大吾先生……」

他應該被深深傷害了。大吾先生會不會不想看到我的臉呢？而且他已經沒義務照顧我。

琳格特小姐卻笑著說：

「大吾沒那麼聰明啦。」

「……聰明？」

「他太老實了。不可能有辦法拋棄曾經照顧過的人。」

那神祕的信賴令我有點錯愕。可是——

（——我覺得自己知道這件事。）

御堂大吾。那孩子不可能忍心這麼做。因為他很溫柔。明明因此再三受到傷害，卻學不到教訓。我有好幾次被笨拙的他所拯救。

（咦？我又在想奇怪的事了。）

我跟大吾先生以前並不認識，為什麼我一副跟他很熟的樣子呢？

「唔嗯……」

顏小姐好像以為我在煩惱，擔心地看著我，然後輕笑出聲。

「不過，如果妳覺得對不起他，就想辦法鼓勵他吧。他是陷入消沉會拖很久的類型。」

我覺得她說的確實有道理。

（再說他對我有一宿一飯之恩。）

現在正是報恩的時候。即使要以這條命為代價！

「我……會加油！」

「哦哦～加油、加油～」

「可以請兩位幫忙嗎？」

當我這麼問完，琳格特小姐和顏小姐異口同聲地回答：「好麻煩喔。」

於是，我決定幫大吾先生打起精神，以報答他的一宿一飯之恩。

（不過我到底該怎麼做才好呢？）

我不知道如何幫大人打氣。

「……這是電磁爐對吧？要怎麼用呢？」

再說我連這個套房裡的ＩＨ爐要怎麼用都不知道。我一頭霧水，隨便按下ＩＨ爐的開關。庶民要怎麼在這麼小的房間裡煮清湯呀？

思及此，拖長的門鈴聲響起。我打開房門。

「唉呀，妳太不小心嘍。」

門後是個揹書包的小女生。記得她是社長的妹妹——結衣。

「這樣可不行喔。女孩子自己一個人住，得先確認對方是誰才能開門。妳看，門上都特地裝了魚眼跟門鏈了。」

確實如此。竟然不知道這麼小的女生都懂的道理，我為不諳世事的自己感到羞愧，懷著羞愧的心情問她：

「結衣，妳怎麼來了？」

「我那個笨哥哥叫我帶租賃契約書，還有一個人住會用到的各種便利用品給妳。」

「謝謝。進來吧？」

她還是老樣子，看起來很成熟。雖說如此，紅色書包上掛著小小的防狼警報器，還真可愛。我用在唐吉訶德買的茶具組泡紅茶，倒進茶杯送到她面前。

「阿吾那件事我聽說了。他好像很傷心。」

「……這樣啊。」

「我也去他房間看過了。他的臉色超差，眼睛底下甚至冒出黑眼圈。跟以前一樣。」

結衣見到大吾先生了啊？我連聲音都沒聽見……不對，這不重要。給我專心點。現在最重要的是他。

「『以前』？」

「三年前跟妻子離婚的時候，當時——他難過了很久。」

對了，顏小姐跟我說過，大吾先生離過一次婚。

「妳想想，他基本上是犬屬性嘛。該說他深情……還是愛很沉重呢……他從來沒有想過會遭到背叛，是能夠相信人的人。妳應該可以體會吧？」

「……」

「儘管這是很棒的一件事。他很善良對吧？明明越是信任對方，受到的傷害也越重。正常人沒辦法那麼不設防，那個人卻總是這樣。」

結衣優雅地喝著紅茶。我腦中有各種想法在打轉，一團混亂。因為我知道。知道不該知道的這件事。

（沒錯。他就是那種人。過於溫柔，總是讓自己受傷。）

有人跟他提出「盲婚」這麼詭異的建議時，他肯定也沒有懷疑。那個人會無條件相信自己愛上的人。因為他是犬屬性。

「怎麼做才能讓大吾先生打起精神呢？」

「哎呀？」

「我一點都不關心他就是了！」

結衣呵呵笑著。

「那孩子是很好懂的男生。妳知道男生喜歡什麼嗎？」

「運動……？」

「酒、賭博，以及女人。」

好有昭和味。

「我們不能喝酒，也沒錢賭博。不過最後那個總弄得到吧？」

「女、女人？」

「如果妳穿著泳裝溫柔安慰他，那孩子應該會比想像中更快振作起來喔。」

「嗚喵！」

我，穿著泳裝，溫柔安慰，大吾先生？這、這麼做沒問題嗎？會不會構成犯罪啊？我不曉得怎麼樣叫做溫柔，不過……泳裝啊……

（他會稍微開心點嗎？）

他疑似喜歡巨乳。看到我的平胸，他會打起精神嗎？想到這個問題就有點火大。

「哎呀？我開玩笑的，沒想到妳考慮得那麼認真。」

「誤費……誤會！才沒有！」

看到我著急得面紅耳赤，結衣又笑了。這孩子真的是小學生嗎？

「呵呵。總之，先煮飯送去給他吃吧。」

「咦？」

「那孩子陷入消沉的時候，什麼都不會吃。肚子餓的話，會往更悲觀的方向想。所以，幫他煮午餐吧。妳也會來幫忙吧？」

這點小事是無所謂。以報恩來說，算在正常範圍內吧。

——可是，妳是不是該察覺到了？

於腦中響起的聲音使我身體一顫。我知道我體內有除了自己以外的某種東西存在。

（我從剛才開始就怎麼了？）

我所不知道的情緒，一直存在於心中。

（只不過是大吾先生在難過，為什麼連我都這麼痛苦呢？）

會不禁想要保護他。無條件地。反射性地。與母貓保護小貓的感情類似。比起欲望，更接近呼吸。是絕對需要的情緒。

（……起初我以為是所謂的「一見鍾情」。）

例如小鹿亂撞和心跳加速，我只有在少女漫畫上看過這種心情，可是真的太明顯了對吧？不過漫畫中的女主角跟我截然不同。

「獅子乃妹妹？妳怎麼了？」

結衣擔心突然愣住的我，詢問我的狀況，我卻沒有心思回答。心臟跟內燃機一樣劇烈跳動，有股反胃感。

（咦？地面在搖晃。）

我差不多該想起來了。再也無法故作無知。

——鐘聲突然響起。

有東西進入到我的體內。大膽地。猖狂地。那大概是——記憶。

# 第三話　獅子與藍色隕石的敘事曲〈前篇〉

——西元一九六〇年，秋天。

「嗯。」

我身在伸手不見五指的空間身體動彈不得，跟結凍一樣。

『開始執行啟動程序。檢查人工神經網路。神經損傷百分之十二。肉體損傷百分之三。針對損壞部位進行修復。五、四、三、二、一……結束。七萬七千四百二十一個項目已檢查完畢。進行GO／NOGO判斷——GO。重新啟動肉體。』

蓋子打開，光芒落在眼皮的外側。

『還不要睜開眼睛，得先讓身體習慣。我幫妳按摩肌肉喔～』

身體感覺到有如史萊姆在爬行的觸感。

「早安，Sena。」

儘管眼前仍是一片昏暗，聽到那悠閒的聲音我就知道是誰。

『獅子乃，好久不見～』

她是名為Sena的AI。Nobody——沒有身體的AI、安裝在各種機器上的少女，是我的老朋友。沒想到她還在運作。

「Sena，一百五十年沒見了吧？」

『沒有那麼久。妳進入冷凍睡眠後，只過了七十年。』

我感到疑惑。我委託醫院的是一百五十年份的冷凍睡眠，照理說要在一百五十年後醒來。意思是我在途中被喚醒了嗎？

「發生什麼事了嗎？」

『發生了緊急情況。現在所有的冷凍睡眠患者都有義務中止睡眠。』

搞什麼東西？冷凍睡眠應該只能在患者有生命危險時才能中止才對。接著她若無其事地笑了笑。

『——因為地球快滅亡了。』

「什麼？妳在說什——呀！」

我下意識睜開眼睛，闊別七十年的光線刺進眼中。

我踏出醫院冰冷的大門，凝視由七彩霓虹燈點亮的大樓。

越南的胡志明市是世界最大的都市。當中尤其高聳的大樓——胡志明市平盛郡的地標塔八一〇〇〇直入雲端，令人印象深刻。用來當成軌道電梯的那棟建築物，將我的視野工整地切割成兩半。

「呃！」

我打開電子錢包，金額少得可憐。冷凍睡眠的費用明明退還了，在物價高昂的越南卻連一個星期都活不過。

『獅子乃～身體狀況如何～？』

全像投影出現在眼前，是個留著粉色頭髮、穿著護理師服的人魚少女。她是地球上最普及的一般（隨處可見）ＡＩ——Ｓｅｎａ。也就是我剛才提到的朋友。

「Ｓｅｎａ，我的錢包裡為什麼一毛錢都不剩了？」

『惡性通膨嘍。七十年前的錢現在跟廢紙一樣！妳持有的股票跟債券當然也都跌到谷底了～資本主義有如風中殘燭！』

「什麼！妳知不知道我工作了多久才賺到那些錢～～！」

七十年前，我將自己所有的財產都拿去投資，委託冷凍睡眠。那麼做絕對不是冒險或賭博，是窮人常做的中庸投資法。

『假如有需要，我可以陪妳商量要怎麼運用資產～還是要找可愛貓咪的影片給妳看？』

「比起這個，有沒有工作可以做？」

我邊問邊在網路上搜尋，看來到處都是世界滅亡的新聞。三年前，科學家證明十年前發現的隕石是地球崩壞的前兆，地球在數年內毀滅的機率幾乎是百分之百——只有這件事似乎是確定的。

（不過那些事情對我來說不重要！我連明天的太陽都不知道看不看得見。）

『如果妳不介意薪水低，倒是有很多工作。例如時薪一百二的高樓大廈清潔人員。』

得先賺到明天的餐費，地球毀滅什麼的之後再說。

「什麼工作都可以，薪水高就好。」

Sena擔心地看著我。因為這個時代，人類的高薪工作只剩下危險的工作。

『國外也行的話，有不錯的工作。』

「……哪個國家？」

『日本。』

日本。我有點興趣。我身為日本人，卻在月球基地出生，從來沒去過日本，連那邊有什麼都不知道。我有點好奇自己的根源。

『委託內容要在當地說明，沒問題嗎？』

「沒問題。只要薪水高，我什麼都做。」

『搞不好是色色的工作！』

「說什麼傻話。」

事到如今，沒有人會花錢買人類娼婦。客製化ＡＩ的服務，網路上要多少有多少。品質更好，價格也更低廉。

『有一條徵才條件是要擅長使用穿孔槍（Hole Gun），可以嗎？』

「……沒辦法。」

畢竟現在是這樣的時代。

（人類統統解僱，地球即將毀滅！）

總該冒點風險。

「Ｓｅｎａ！幫我搜尋逃亡路線！」

橫濱化為無法地帶。

『了解～』

我全速狂奔，背後傳來巨大的地鳴聲。轉頭一看，橫濱的紅磚街開出一個就像被挖刨開來的大洞。我不禁愣住了。

「那些傢伙是誰啦——！」

接受委託來到日本後，迎接我的是有昆蟲和人類兩顆頭部，靠嘰嘰聲溝通的人。蟲人們以如同海浪的速度和氣勢追向我。

『他們是沛達格古（老師們）的人。一家保全公司。』

飄在我旁邊的Ｓｅｎａ輕鬆地笑著。看她這麼悠哉，令人有點火大。

「他們為什麼要追我？跟我的委託人起糾紛嗎？我被懸賞了？」

『應該是想要妳的心臟吧。』

「……妳說什麼？」

『現在人類的心臟很值錢喲。因為是天然素材嘛。』

「不能死在這種地方啊啊啊啊啊！」

我拔足狂奔，唸出安全詞，用手指啟動穿孔槍。

『危險等級〇・七以上。申請開火許可。進行ＧＯ／ＮＯＧＯ判斷——ＧＯ！』

砰——尖銳的聲音響起，細長絲線以亞光速從我的指尖射出。絲線描繪出鋸齒狀的軌跡於空中奔馳，在每位蟲人臉上開出手球大小的洞。

「成功了！」

『妳的槍法還是一樣準耶。』

竟然出現這樣的組織，政府機關八成沒在運作。

（世界真的要滅亡了。）

我進入冷凍睡眠前，會由警察之類的政府組織遏止保全公司的爭執。如今因為世界滅亡造成的混亂，警察已經沒有作用。地球的倫理觀被古板的價值觀——「暴力」征服，未來肯定會更嚴重。

「好了，去委託人那邊吧。」

我喃喃說道，Sena發抖著指向我背後。能聽見微弱的「嘰嘰嘰嘰」聲。我不明白那個聲音是什麼意思，卻非常恐懼。

「……咦？」

轉頭一看，臉上開洞的屍群像在抖動似的晃來晃去。蟲人的胯下突然裂開，數不清的細小物體隨著流體演算器溢出。

（簡直就像孵化的螳螂蛋——）

——那是一堆極小的蟲人。他們以醜陋的姿勢於地面爬行，如同蜜蜂築巢一般開始凝固，接著立刻組成巨大的群體笨手笨腳地站了起來。

「噫！」

由於這個畫面太噁心，我忍不住叫出聲。

「嘰嘰嘰嘰。」

剛出生的蟲人群組成細長的球狀，以蚯蚓般的動作追向我們——為了我值錢的心臟。

『啊～他們讓中樞機能分散了呢。最近那種做法很流行喔。』

「別悠悠哉哉的，快逃！」

我們再次於橫濱的街道上狂奔，穿過狹窄的小巷子、衝上圍牆，然後躲在泥巴裡面。儘管如此，蟲人好像不會累也不會膩，發出「嘰嘰嘰嘰」的刺耳叫聲窮追不捨，其速度比凶猛的狼更加合乎常理。

（呼……呼……快沒力氣了。）

眼角餘光瞥見笑著欣賞我們逃亡的觀眾，以及態度一副置身事外的保鏢。如今這個時代，不會有人願意為別人挺身而出。換成是我八成也會這麼做，所以我不會抱怨。道德觀這種東西，會跟世界一同毀滅。

「嘰嘰嘰嘰。」

小蟲子纏住我的腳踝。我當場倒地，頭部用力撞上地面。

（原來如此。看來我要死在這裡了。）

超乎想像的恐懼襲來。連我這種冷血人類，都跟正常人一樣害怕死亡。感覺好諷刺，害我差點笑出來。混帳東西。

「我不會放棄。」

要拚命求生，拚命求死。我早已作好決定。

無論如何都不想死得跟僵硬的山羊一樣，因為對死亡的恐懼而動彈不得。再怎麼狼狽，都要拚命掙扎到最後。我只要這樣就滿足了。

「喔喔喔喔喔喔喔喔喔喔喔喔喔喔喔喔！」

我提高穿孔槍的威力，指尖朝向地面，穿孔槍特有的槍聲響起。蟲子覆蓋我的身體，開始用溶解液分解我的肉。令人痛苦不堪的痛楚傳遍全身，但我並不在意。

——下一瞬間，火焰包圍我的身體。

「唔！」

我用穿孔槍射穿的，是設置於橫濱地下十公尺處的發電網。發電網經常籠罩著高溫的火焰。基於穿孔槍的特性瞬間變成真空的空間，立刻以驚人的速度吸入空氣，滾燙的火焰變成猛烈的火柱。那道火柱點燃從我受損的機器身體漏出的機油，使我的身體變成一顆火球。

（啊啊，該死，好燙。這什麼鬼？快昏倒了。）

切斷神經的痛覺，切斷感溫功能。發現自己無法用皮膚呼吸，氧氣不足。更新肺部設定，最佳化運動機能。

「不過，這樣就贏了。」

我低頭看著被火焰燒死的蟲人群。他們每隻都很小，對燃燒的抵抗力遠低於我。我以劇痛和傷口作為代價，勉強倖存下來。一如往常地做了一如往常的事，就這麼簡單。

『……我每次都會為妳垂死掙扎的精神嘆氣。』

「……Ｓｅｎａ，妳偷偷一個人逃走了吧？」

『因為摯友被殺的畫面絕對會留下心靈創傷，我不想看嘛！』

這個輕浮的AI真的沒救了。可是沒辦法。我拖著傷痕累累的身體移動。傷腦筋，身體完全動不了。

（好慘。算了，我又不是公主，沒什麼關係。）

嘰嘰嘰嘰。

（剛剛那是什麼聲音？）

嘰嘰嘰嘰嘰嘰嘰。

（啊啊，可惡。真的糟透了。去死吧。）

嘰嘰嘰嘰嘰嘰嘰嘰嘰嘰嘰嘰嘰嘰嘰嘰嘰嘰嘰嘰嘰嘰嘰嘰嘰嘰嘰嘰嘰嘰嘰嘰嘰嘰嘰嘰嘰嘰嘰嘰嘰嘰。

很簡單的道理。拚命求生，拚命求死。每個人都一樣。

『獅子乃。』

Sena看著我，一臉想哭的樣子……不對，她在看的是我的背後。我努力移動嘎吱作響的身體，看見理應在我後面的怪物。

（啊，這下真的沒救了。）

是隻巨大的怪物。高度約八十公尺吧？全身漆黑且外形單調，感覺不太到生物的機能美，動作有點像蚯蚓的人形怪物。

（原來如此，街上的蟲人都聚集過來了吧。）

我想到以前看過的戰隊動畫裡面的怪人，最後也會變得那麼大。但我不僅不是戰隊，還只有一個人，又不可能出現巨大機器人。

（唉，也罷。我連一隻手臂都抬不起來了。）

再怎麼掙扎，沒用就是沒用，會死就是會死。即使無法接受。即使是因為無聊的原因。

（如果這是電影或戲劇——）

應該會安排一個反敗為勝的奇蹟。即所謂的劇情需要。劇情需要的結局。或是名為「命運」的愚蠢妄想。

「該死。」

我低聲罵道，然後豎起中指。

（要是真的有「命定之人」——）

我小時候相信每個人都有命定之人，總有一天會跟王子一樣來迎接我。在那之前我都不會死。我活著就是為了這個。

「所以我才不相信愛情這種東西。」

巨大蟲人的手往我逼近，企圖壓扁我。我望向旁邊，Sena不在那裡。這樣就行了。我不希望她看見摯友悽慘的死狀。為了多少感受自身的死亡，我操作奈米晶片將恐懼和悲傷的感情調回正常值。

（啊啊，真的好可怕啊。）

閉上眼睛。為那瞬間作好覺悟。心臟因恐懼而劇烈跳動。有人握住了我的手。感覺到一陣風。感覺到飄浮感。尖銳的聲音刺入耳中。是反重力鞋的啟動聲。可是非常小。肯定是極小型的引擎。

「呃，為什麼！」

我睜開眼睛，湛藍色的天空映入眼簾。現在大概位在上空兩百公尺左右的高度。

（天空原來這麼藍嗎？）

我側目望向被割碎的白雲，遙遠下方的蟲人集合體在死命對我們伸手。

「噫——嚇死我了——！」

是一名少年。他抱著我——即所謂的公主抱——用能夠飛行的鞋子，在蔚藍的世界中奔馳。他的身高應該比我還要低，外表也相當年幼。

「你……是……」

「不用說話沒關係。妳連喉嚨都燒傷了吧？」

即使如使，我也必須問個清楚。再怎麼難受、再怎麼痛苦、再怎麼難以發聲，都必須詢問。那是我的矜持，靈魂的形狀。

「——為什麼要救我？」

燒傷的喉嚨發出沙啞的聲音，但他似乎聽懂了我的意思。他稍微愣了一下，之後絞盡腦汁思考，直盯著我的眼睛。

「有人遇到困難，所以我要幫忙。就這麼簡單。」

我感覺到心臟被射穿的衝擊。啊啊，這孩子一定沒發現，平凡無奇的這句話對我來說是多大的救贖。他想必一輩子都不會發現。

（如果我有命中注定的對象——）

我遇到了。這位年幼的少年。溫柔的少年。值得去愛的存在。

——那就是我和御堂大吾少爺的相遇。

之後發生了許多事，我成為御堂大吾少爺家的女僕。起初我害怕自身的感情刻意疏遠他，努力抵抗命運。結果只是徒勞無功，我被他攻陷了。那是我人生最重要的回憶，肯定永遠都忘不了。

（所以，我也無法忘記最後那一晚。）

近似永恆的漆黑夜空、美得令人生畏的蔚藍隕石，以及延伸至遠方的銀河列車。

『——因為我們被命運連繫在一起。即使會在今日死去，總有一天還會再見面。』

聽見這句話，他以快哭的表情看著我。啊啊，我明明為了不讓他露出這種表情，才那麼拚命。明明為了給他幸福，才每天都那麼努力。不過，這也是無可奈何。因為再怎麼拚命，會死的時候就是會死。但我不會絕望。

『所以——』

我對他微笑。臨死之時，一九六〇年代的御堂大吾和千子獅子乃作好死亡覺悟的瞬間，我們握緊對方的手，互相凝視。我相信愛情。相信我們總有一天會重逢。到時候，我也一定會愛上他。

『下次見面的時候，請您一定要娶我為妻。』

妳記得吧，千子獅子乃？我的戀情。我的——「命運」。

# 第四話　這段三角關係少了一角

「咦？」

我聽見微弱的聲音。一望向旁邊，躺在醫院病床上的獅子乃妹妹便坐了起來。她雙眼無神，似乎不知道自己身在何處。

「妳醒啦。太好了。」

我安心地低聲說，獅子乃妹妹便睜大眼睛盯著我。彷彿看見令人不敢相信的畫面。彷彿在觀察幽靈。

「……大吾少爺。」

「咦？」

她用奇怪的敬稱呼喚我，可是好像是我的錯覺。由於回問她也很奇怪，我慢慢等待她繼續說下去。

「這裡是哪裡？」

她的聲音在顫抖。是因為剛清醒嗎？

「醫院。」

「咦？」

「妳上午突然昏倒。是結衣告訴我的。我們馬上叫了救護車。」

醫生說是因為貧血和過勞，我卻擔心得隨時都會吐出來。

「……你又救了我一命。」

「哪有那麼誇張。救妳的是醫院的人啦。」

可是她怎麼說「又」呢？是指我借她公寓的房間住嗎？這孩子在奇怪的地方很重人情呢。不過，我認為這是個優點。

「對不起。」

「為什麼要道歉？」

「我應該早點發現才對。妳還是小孩子，又被捲入家裡的糾紛，肯定很難熬。我卻只顧著自己……」

我深感羞愧，無地自容。身為唯一能陪在她身邊的大人，竟然要等到她昏倒才發現。真該早點讓她休息。

「這種事——」

她哀傷地看著——不對，是瞪著我。

「這種事……跟你沒關係吧？」

夕陽西斜，照在她雪白的頭髮上，綻放淡淡的光芒。

「這是你的壞習慣……擅自同情別人、幫助別人又不是你的義務，卻那麼拚命。」

「習慣？」

她急忙閉上嘴巴，接著搖搖頭，陷入沉思。

「……給你添麻煩了。我不要緊了。」

「別勉強。妳的臉色還很差。」

「沒事的。」

獅子乃妹妹閉上眼睛。看起來像在緩慢思考什麼事情。

「只是作了一個夢。」

「惡夢嗎？」

「不是。」

她碰觸胸膛，看起來珍惜地抱住它。

「是個……非常……神奇的夢……」

她的語氣深情且憂傷。

「妳要今天回家嗎？醫生說妳可以住院。」

「大吾先生有什麼打算呢？」

「我要回家啊？」

不如說除此之外，沒有其他選擇。雖說我和獅子乃妹妹法律上是親屬關係，總不能睡在這間病房的簡易床架上。

「那……我也要……回去。」

「是嗎？」

「嗯。」

她像孩子一樣點點頭，接著走下病床。看她站得很穩，我稍微放心了。不過她不時會偷看我，一臉憂傷的模樣，總覺得不太對勁。

走出醫院，我本來想叫計程車回家，獅子乃妹妹卻表示沒有那個必要，阻止了我。說實話，我還滿窮的，不用叫車省了一筆錢，但我又覺得自己真的很沒用。我們走在通往公寓的路上沒有交談，獅子乃妹妹似乎在想事情。

（她作了那麼神奇的夢嗎？）

我也想起最近作的「神奇的夢」，立刻驅散那個妄想。

「大吾先生，我可以順便去超市一趟嗎？」

「當然可以。」

她的臉頰已經恢復血色，身體狀況好像也沒問題了，我放下心中的大石。不過以後得多加注意她才行，畢竟我是她身邊唯一的大人。

獅子乃妹妹繞路到超市，小心翼翼地挑選食材。她貴為千金小姐，八成不習慣這種地方，像貓咪一樣把眼睛睜得圓圓的，相當可愛。

「大吾先生……」

「嗯？」

「今天的晚餐，你想吃什麼呢？」

「啊——我應該會隨便去便利商店買個東西。」

她抬頭盯著我的臉。

「那我順便煮你的份吧。」

「咦？不用啦。妳剛剛才昏倒，現在還很累吧？」

「沒關係，我沒事了。」

「可是我會不好意思。」

「你是在說我這種小女生煮的菜難以入口嗎？」

被施壓了。她語氣平靜，卻有種不容拒絕的魄力。

「……那我不客氣了。」

獅子乃妹妹展露笑容。

「開玩笑的。不過你真的不用客氣。畢竟我受過你一宿一飯之恩。」

（啊！）

仔細一想，這是我第一次看到她笑。可愛得宛如一朵小白花，害我看呆了一會兒，甚至瞬間動彈不得。

（呃，我在想什麼啊。她可是國中生！）

而且我才剛被人騙婚，就只為了拿結婚證書。現在哪裡是想這些的時候。

「你昨天找過姊姊了嗎？」

「嗯。昨晚跟她說了電話。」

我和「兔羽」在婚活軟體上認識後，每天晚上都會講電話，昨天當然也不例外。我有很多事要問，想聽她親口告訴我答案。

「跟她提到未婚夫時，她一秒掛斷電話，把我封鎖了。」

「……請讓我代替那個千子家之恥向你致歉。」

看到獅子乃妹妹愁眉苦臉，我忍不住笑了。因為她根本不需要愧疚，是我太傻了。

「那個姊姊真的無藥可救。一遇到問題就會拋下一切，選擇逃避。」

「她也從我身邊逃離了嗎？」

也是啦，畢竟沒說明原因也沒找藉口，直接「拒絕聯絡」嘛。根本是在說不會繼續跟我來往吧？真是逃得一乾二淨。

（虧我真心相信「兔羽」是我的命定之人。）

我的確從未見過她。可是個性或為人這些事，連續聊好幾個小時總會知道吧？……不對，是自以為知道。到頭來，我說不定沒有看人的眼光。問題或許就在這裡。

咚咚咚——菜刀按照固定的節奏切碎食材。

「……」

我被請到獅子乃妹妹的房間。

（明明才住一個晚上，已經有她的味道了呢。）

未經裝潢的冷清房間中，於唐吉訶德買來的家具直接放在地上。

（好久沒讓人幫我做飯了。）

三年前，下班後妻子會幫我煮晚餐。她明明也很忙……

「唔喔喔喔喔。」

「你怎麼了？」

「……想起心靈創傷而已。」

之後過了約二十分鐘，獅子乃妹妹為我送上餐點。食物在白色盤子裡面擺得整整齊齊，十分美觀。不過我並不知道這道料理叫做什麼名字。

「哦哦，看起來真好吃。不過這是什麼菜？」

「生春捲、越南煎餅，還有牛肉河粉。」

「……是哪個國家的料理？」

「越南。」

真是意想不到。

「好厲害，妳會煮越南菜啊？」

「我也很驚訝。沒想到真的做得出來。」

妳怎麼也在驚訝呢？先嘗一口看看吧。

「唔喔，超好吃的——！」

「這樣呀。」

「等一下，真的超級好吃。足以登上我心中的第一名。搞不好是我吃過的東西裡面最好吃的。」

「拍馬屁拍得這麼隨便，只會讓你的稱讚顯得很廉價。」

不是拍馬屁，我是真心的。比起高級飯店的餐點或高級壽司，我更喜歡這個味道。好吃。不只好吃……還莫名有點懷念。

「我隱約覺得你會喜歡吃這個。」

「妳有超能力嗎？」

「那種不科學的東西全宇宙都不存在。」

她嘴上這麼說，看起來卻沒什麼自信。到底為什麼呢？

「能跟妳結婚的男人真幸福耶。」

「嗚喵！」

她看著我僵在那邊，臉紅得跟蘋果一樣。

「啊，抱歉。把對象限定成男性太古板了對吧？我只是在想能成為妳另一半的人會很幸福，與性別無關。」

「……我在意的不是那個。」

獅子乃妹妹咕噥著瞪向我。

「這叫做性騷擾。」

「原來如此，說得也是。抱歉，我只是把心裡的想法說出來而已。」

獅子乃妹妹哼了一聲別過頭，噘起嘴巴。

「……要是有女生因此誤會，我可不管。」

「誤會？」

「嗚喵……沒事。不是那個意思。我只是想罵你性騷擾！」

獅子乃妹妹氣呼呼地將越南煎餅（越南風煎蛋捲）送入口中。稍嫌孩子氣的舉動讓我有點想笑。

「大吾先生，你平常晚餐都是吃便利商店嗎？」

「嗯，大部分的時候是。還有超市的半價便當。」

獅子乃妹妹應了聲：「這樣啊。」陷入沉思，不久後輕聲呢喃：

「那麼要不要我幫你做晚餐……每天做也可以。」

「這樣我真的會不好意思！」

「……我做的菜不合你的胃口嗎？」

她垂頭喪氣地說。

「這招太奸詐了。禁止。」

「哎呀，這點女人的小謊你就聽得出來呢。」

獅子乃妹妹笑著對我投以淘氣的視線。

吃完晚餐後沒多久，智慧型手機響起，我發現有人傳訊息給我。顯示於螢幕上的名字好像是社長。

『接下來要不要去喝酒？』

我抬起頭，接著獅子乃妹妹擔心地看著我。

「怎麼了？」

「沒有，社長問我要不要去喝酒。」

「這……最好去一下。」

她一臉擔憂。我明白她想表達的意思。

「是喔？」

「嗯。我已經沒事了，不用管我沒關係。」

這時拒絕的話，獅子乃妹妹應該會覺得：「你果然因為被姊姊騙的關係沒精神。」讓她白操心也不好。即使那是我真正的想法。

（而且就算現在一個人回房間，也只會一直想到討厭的回憶。去喝酒好了。）

我向她道謝後走出房間，走在夜晚的橫濱街道上。

社長指定的地點，是離櫻木町站走路五分鐘左右的地方——都橋商店街。大岡川沿岸有好幾十家小酒吧跟居酒屋。氣氛有點沉悶，所以觀光客不太會來，但名店也很多。

「就是這家店。」

跟社長會合後，他帶我來到一家店。那是間在老店眾多的都橋商店街顯得有點特立獨行，黑色牆壁和小燈泡格外引人注目的漂亮酒吧。店名叫做「瓦特希普高原」。

「歡迎光臨。」

店內灰暗卻時尚——不如說有趣。明明採用了氣氛佳的間接照明，還用畫作裝飾，架上卻放著一排老機器人動畫的模型，還有超大臺的變身英雄機車。融合各種風格，還挺有趣的。金髮調酒師一看到我們，就露出與昏暗的店內形成反差的向日葵般的笑容。

「大吾！社長～！你們來啦。」

「咦？琳，妳在這種地方工作嗎？」

上海屋的房客——琳格特．曉．霍恩海姆穿的不是平常那件廉價的旗袍，而是調酒師的服裝……記得是叫做露背背心嗎？她穿著貼身的白襯衫和黑色背心，遠比旗袍還要適合她。

「大吾先生，聽說你被騙婚了？」

社長點的是雞尾酒，我則隨便點了杯日本酒。

「咦？你怎麼知道……啊，結衣說的嗎？」

「呵呵。我妹很喜歡上海莊的大家嘛。」

社長笑著對我拋媚眼。話說回來，這男人真適合馬尼丁。看來他聽見了我的傳聞，想當我的垃圾桶才找我過來，真是個大好人。

起初我不太想說，不過要說理所當然嗎？一旦喝了酒，口風自然就會變鬆。到頭來，我紅著臉開始跟社長和琳格特抱怨。

「我只是想找個人結婚，擁有幸福的家庭。只是想跟我覺得『就是她！』的人永遠在一起。因為就算死掉的時候是一個人，也會希望墳墓裡有另一人——真正相愛的人陪伴嘛。」

社長拿起第三杯雞尾酒——沒記錯的話，他正在喝琴蕾。

「我不會特別想結婚，所以我不懂。人類死後會被細菌分解，然後消失殆盡。我認為這樣就好了，可是有部分也是因為我對死亡沒什麼看法啦。」

琳格特邊洗杯子邊問：

「社長真的對異性毫無興趣耶。公寓裡的女性都在猜你會不會是同性戀，躁動不已。真相究竟如何呢？」

「咦——？哈哈哈。不是啦，我是異性戀。我喜歡的是女性。」

社長身上的確不會散發異性的香味。

「社長也會看AV嗎？」

「會啊。你知道FAN〇A有看到飽頻道嗎？月費制的。我有加入喔。」

竟然面不改色地講出這種話，他真的好帥。

「男生真的會看色色的影片耶。社長喜歡哪種類型的？」

呃，他怎麼可能說得出口。琳格特好歹是女性，在女生面前聊自己的性癖，難度未免太高了。

「——應該是硬毛吧。」

沒有人類贏得過這位真男人。

「你跟前妻離婚的原因是什麼？我不太清楚。」

這次換成社長詢問我。如此直接的問法，很適合酒館這個地點。

「啊，我也很好奇！因為你們感情明明很好啊。」

我鮮少跟人聊到這件事。知道原因的，頂多只有好友熙涵。不過，跟他們講也沒關係吧。我喝著不習慣的雞尾酒咕噥：

「我想要小孩。」

「咦？」

「可是她……不想生。因為她是個連小貓都不敢抱的人。」

我的前妻很膽小，但我就是喜歡這一點。想要展現男子氣概保護她，像個頭腦單純的白痴吧。然而，我們追求的事物有著根本上的差異。

「你還喜歡著她呢。」

社長露出帥氣的笑容。

（那還用說。）

她是我深深愛過的人，發誓要共度一生的人。我一定會喜歡她一輩子吧。

可是，我必須走出來。我這麼想，開始尋找新對象，然後遇見「兔羽」。

「……虧我還想要走出來！」

我大吼一聲，一口氣把酒喝光。琳格特笑了笑。

「就是這樣，大吾！束手無策的時候，只能選擇逃避。來，喝吧！」

「來，喝吧！琳，龍舌蘭！給我一杯龍舌蘭——！」

我們在高級酒吧跟傻子一樣嚷嚷個不停。吵了一陣子後，我得知雞尾酒一杯要一千七百日圓，嚇得背脊發涼，是不能說的祕密。

雖然喝了很久，走出店門時才晚上九點而已。社長還在裡面跟琳格特一起喝酒。別看他那樣，那個人可是酒桶。酒吧的酒真的太貴了，所以我喝幾杯就離開了。他們兩個一直挽留我，不過我喊著：「這就是最後一杯！」喝光自己的酒後，他們便乾脆地放我走了。

我想起跟社長他們的談話內容和「兔羽」，嘆了口氣。

「唉……我的命定之人到底在哪裡啊？」

我明白是我太奢求。但我想跟我能夠真心去愛的人，以及願意真心愛我的人，一起組成溫馨的家庭。實在太過老氣，害我忍不住笑出來。那個人究竟在哪裡呢？

「——大吾先生。」

聽見清澈如冰的聲音，我回過頭去。藍色的夜空下，純白髮絲在居酒屋街燈光的照耀下散發微光。這奇蹟般的景象有種不協調的美，令我瞬間僵住。

「獅子乃……妹妹……？」

她帶著像在煩惱又像在鬧脾氣，無法分辨情緒的表情站在那裡。難道她在等我離開酒吧嗎？那麼她站在這裡等多久了呢？

「社長打電話給結衣，說你在這裡喝酒，醉得挺厲害的……你白天臉色很差，要是你因為心情不好喝太多就糟了。琳小姐擔心你一個人回不了家，勸我最好來接你。」

噢，難怪。我還在想說琳格特和社長到底為何一直挽留我，原來是覺得有趣，在爭取時間等獅子乃妹妹到來。

「這麼晚了，一個人在外面走很危險吧？」

雖說才晚上九點，這孩子可是國中生，而且這裡還是居酒屋街的中心。儘管行人絕對不會少，卻也絕對稱不上是個健全的地方。被我這麼一唸，獅子乃妹妹嘛起嘴巴。

「喝到滿臉通紅的人講這種話，一點說服力都沒有。」

「我是認真的。別再這麼做了。」

「我又不是小孩子。」

妳就是小孩子啊。妳才國三而已耶？我這個年紀時更蠢更幼稚。一天到晚跟朋友玩，走夜路還會怕。

「……對不起，下次不會了。我答應你。」

「嗯。」

我明白她是擔心我。獅子乃妹妹真的很溫柔，知道我心情不好，特地為我做飯，特地來接我。我或許有點保護過度。

「那我們回家吧。」

「好的。」

我們一同走在昏暗的回家路上。從關內走向中華街，彼此都沒說話。

（她是不是因為我被「兔羽」騙了，覺得對我有罪惡感呢？）

她自己明明也不好受，還累倒了，竟然還有餘力照顧我這種人。到底多重人情，多一板一眼……多善良啊。真不想害她有罪惡感。

「獅子乃妹妹，妳有加入社團嗎？」

這個話題很安全。我大概想跟她打好關係。跟她是我的姨妹和罪惡感無關，而是我想更了解她這個人。

「劍道社。」

「……原來如此。」

「原來如此是什麼意思？」

「只是覺得很符合妳的形象。妳絕對是風紀股長吧？」

她鼓起臉頰瞪向我，這模樣挺可愛的。

「又看不起我了。」

「沒有啊。而且妳怎麼說『又』了？」

「……你笑過我貧乳。」

她的聲音被風聲蓋過，我聽不清楚。獅子乃妹妹接著滔滔不絕地說：

「你總是用『她還小，這也沒辦法』的眼神看我。不管我生氣還是強詞奪理，你都會哈哈大笑。你看不起我。你想找我碴。」

「我沒有看不起妳！」

「那就不要把我當成小孩子。」

「因為妳才國三嘛。」

她哼了一聲別過頭。真是孩子氣，很符合她國三的年紀。沒錯，她才國三耶？害這麼小的女生為我操心，真的有夠丟臉。

「……小孩子可是長很快的。」

獅子乃妹妹轉頭對我吐出舌頭。這個舉動同樣孩子氣，使我不禁失笑。她看了把嘴巴噘得更高了，真是可愛的女孩。

「謝謝妳。」

「謝什麼？」

「我打起精神了。」

「咦？」

「我因為『兔羽』的事情非常沮喪。可是，該做個了斷了。我雖然蠢到被人騙，世界又沒有滅亡。只要再從頭開始找新對象就好。」

從頭開始。我早就習慣了。我對自己的毅力和氣勢還挺有自信的。直到成功為止，都不會放棄。儘管說來容易做來難，我別無他法。

「不過，這樣妳就不是我的姨妹了，有點可惜。」

「那個……我反而……覺得……這樣正好。」

獅子乃妹妹移開視線低聲說。她真的好嚴格。不過這也沒辦法，誰教我一直在她面前出糗，沒有展現優點給她看。

「大吾先生——」

她突然盯著我，眼神彷彿要看穿我的內心。

「——你在尋找命定之人嗎？」

剛才在酒吧門口自言自語被聽見了嗎？好羞恥。有夠中二的。

「如果有那樣的對象，不是最好嗎？」

「……」

「我知道那是我的幻想喔？命運並不存在，不可能跟漫畫一樣，有女生從天而降吧？天上只有宇宙。雖然我知道……」

「命定之人」——要是她真的存在，世界該有多麼美麗呢？愛與被愛實在太過困難，可是如果有完美無缺的對象……

「我也明白命定之人並不存在啦……」

我苦笑著說完，獅子乃妹妹便筆直地凝視我的眼睛。紅眸比這輩子看過的任何寶石都還要美麗，我不由得全身僵硬。

「存在喔。」

夜色漸深，天空一片漆黑。在近乎黑暗的世界中，她雪白的頭髮一塵不染地閃耀光芒。因為夜晚畏懼那過於強大的純潔，不敢靠近。

「你會遇見命定之人。」

她沒有卻步，沒有躊躇，沒有苦笑，斬釘截鐵地斷言。

「……說不定那個人就在你身邊。」

「這句話是……什麼意思……」

我開口詢問，她堅定的視線突然閃過一絲動搖，臉頰泛紅。她皮膚很白，所以一眼就看得出來。呼吸好像也有點急促。她在緊張。她緊抿嘴角，下定決心開口：

「我是你的——」

「——呀啊啊啊啊啊啊啊！誰來救救我啊啊啊啊啊啊啊啊！」

獅子乃妹妹的話語被淒厲的哀號打斷。我環視周遭。

（聲音從哪裡傳來的！……那裡嗎！）

有個人差點從高樓大廈的其中一間房間掉下來。不對，她已經整個人掛在外面了。那個人在求救。既然如此，就沒有其他選項了。我飛奔而出。

「大吾先生！」

獅子乃妹妹在背後大叫，但我沒時間停下。事態刻不容緩。「某人」從窗戶跳下。真的假的？糟糕，趕得上嗎？不對，一定要趕上。我死命揮動手臂，然後抬起腿。上次跑得這麼拚命，是什麼時候呢？

一名女性從天而降。

我伸長手臂。似乎勉強趕上了。可是光這麼做還不夠，得降低墜落的衝擊。我拿膝蓋和腰部當靠墊，接住從上空掉下來的她。

（糟糕，好像撞到不該撞的地方……！）

接住她的同時，我的膝蓋發出恐怖的「啪嘰」聲響。

「好痛。」

黑髮少女在我懷裡呻吟。看來她沒事，我放心了。

「……妳沒事吧？」

「要不是你救了我，肯定會出人命。謝謝……」

她的語氣聽起來很放鬆。真是的，為什麼要從大樓跳下來啊？看起來不像自殺啊？這時我才看見她的臉，頓時語塞。她在笑。

「請問妳的名字是？」

「唔咦？啊……咦……」

——好美這個形容詞太老氣了。跟獅子乃妹妹那種宛如雪花結晶虛無縹緲的美不同，是更加狂野、散發公主般的自信，讓人想到寶石的美。我在跟如此美麗的女性接觸嗎？怦通怦通，感覺通往心臟的血液正在匯集。糟糕，她是我的菜。我對她一見鍾情。

（剛決定找新對象，就從天上掉下一個女生。）

這正是「那個」吧？明顯是「命運」吧？死都不能放過這個機會。我努力故作鎮定，開口說道：

「我的名字叫做御堂大吾。」

「噫！」

為什麼要「噫」？她面無血色，冷汗滑落臉頰。理由似乎不是因為從高處落下而哪裡疼痛，她在我詢問名字之後才臉色大變。

「啊！」

背後傳來獅子乃妹妹的聲音。看到我懷裡的少女，她瑟瑟發抖。

「姊姊。」

姊姊——她剛剛是不是這麼叫她了？千子獅子乃的姊姊，也就是說——

「……初次見面，大吾。我的名字叫做千子兔羽，是你心愛的妻子喲。」

——獅子乃妹妹理智線斷裂的聲音從身後傳來。

## 第五話　重頭戲登場（小嘍囉）

千子兔羽輕浮地笑著，盤腿坐在我的房間。

「這是所謂的修羅場嗎？日式修羅場？」

「琳，快錄影。拿智慧型手機、拿智慧型手機。」

琳格特跟熙涵在房間外面偷看，我迅速把她們趕出去。琳那傢伙不是要工作嗎？她不久前還在酒吧上班，現在卻已經在當偷窺犯。

「……姊姊！」

獅子乃妹妹瞪向兔羽。兔羽流著冷汗移開視線。

「大吾，原來你有Ｓｗｉｔｃｈ啊。下次一起玩漆彈吧～」

真的假的，她竟然給我裝傻。

「姊姊！」

兔羽左閃右閃，獅子乃妹妹則怒氣沖沖。

（隱約看得出她們的相處模式……）

獅子乃妹妹想必一直被姊姊玩弄於股掌之間吧。

「欺騙人家，還拋下一切溜之大吉，真是千子家之恥。」

「……獅獅，妳今天也好可愛喔。」

獅子乃妹妹的視線結凍了。變成絕對零度。

「大吾先生，有沒有長棍？前端最好有尖刺。」

「冷靜點。」

我怎麼可能會有附帶尖刺的棍子。有的話未免太可怕了。

「獅子乃妹妹，可以讓我跟兔羽兩人獨處一下嗎？」

本來我應該更生氣，跟兔羽抱怨個一兩句也說不定。可是看到氣得跟獅子一樣的獅子乃妹妹，我反而異常冷靜。

「啊，我明白了。那我去叫車搬運屍體。」

「不要企圖謀殺姊姊啦！」

兔羽大叫，獅子乃妹妹則用銳利如猛獸的視線瞪向她。

「開玩笑的，姊姊……不過請妳不要忘記我有多麼生氣。」

獅子乃妹妹轉身離去。

（……她生氣的時候真恐怖。）

我重新面向兔羽。

（胸部好大……！）

注意力差點被那個部位吸引過去，我拍拍臉頰驅散邪念。

「啊，大吾，你剛剛在看我的胸部。」

「我才剛把邪念趕跑，可以請妳不要講出來嗎？」

兔羽拋了個媚眼挺起胸膛。這個女生怎麼這麼輕浮啊？

「所以，到底怎麼了？」

「嗯～」

「為什麼要從那麼高的大樓跳下來……」

「啊，你問的是這個？」

「還有其他可以問的嗎？」

兔羽先是嘀咕道：「有啊。」才接著繼續說：

「我為了逃離那個煩死人的未婚夫騙了你……不跟我談這件事嗎？」

「喔，也對，還有這件事要談。」

「我在法律上明明是你的妻子，卻把你封鎖，逃避面對你。」

「……仔細一想，真的好過分啊。」

假如我把她告上法院，是不是會贏啊？但我絕對不會這麼做。我大概不擅長把心力花在那種事情上。我想做更沒意義的事。

「不過我還是想先問妳為何要跳樓。妳被捲入什麼危險事件中了嗎？」

「咦？」

「好像有人在追妳吧？不要緊吧？」

「…………………」

兔羽緊盯著我，彷彿在觀察我的表情。她的眼神平靜如水，看不出她在想什麼。跟互動動物園裡的小馬有點像。

「……你真的是大吾耶。」

她臉上浮現真心的笑容。

「咦？什麼意思？」

「沒事。只是覺得你跟電話裡的那個人一樣。」

我也有這種感覺。兔羽就是這麼目中無人。帶著輕浮的笑容，無所事事。搞不懂她在想什麼，跟霧氣或雲霞一樣捉摸不透。

——這些都跟電話裡的「兔羽」如出一轍。

「那個呀，我會跳樓只是因為看見奇怪的幻覺。」

「啥？」

「最近我會看見穿護理師服的人魚幻覺。我想逃避面對它。」

這個人到底是怎樣？

「……妳真的是好可怕的妻子。」

竟然看見幻覺。如果是因為躲債，我還比較放心。

「啊，我沒有吃奇怪的藥或蘑菇啦。我想大概只是過勞。」

她不怎麼在意的樣子，我倒是非常擔心。就算原因是過勞，那不就代表妳的身體狀況非常差嗎？可是比起這個，她似乎還有話想說。

「那麼——」

兔羽別過頭，一臉為難的表情低聲說：

「要離婚嗎？」

「什麼？」

「因為你討厭我了對吧？應該不想再看見我這種人渣吧？啊，或者去法院告我詐欺，訴請婚姻無效會不會比較好啊？你愛怎麼做就怎麼做吧。」

「啊～」

確實有這麼一個問題。我回想起來，頓時覺得心情沉重，可是我們絕對需要好好談談。

「妳不是需要結婚證書嗎？」

我移開視線，同時搔搔頭。

「咦？」

「等妳那邊的事情全部處理完再說。反正我短期內八成交不到女朋友。」

「…………」

「只不過不要封鎖我啦。我又沒有討厭妳。」

我看著兔羽的臉小聲說。她盯著我，看起來快哭了。我萬萬沒想到她會露出那種表情，不禁為之語塞。

「你為什麼……」

她神情扭曲，就像試圖拼湊出一句話說：

「你為什麼……這麼善良……」

我稍微笑了笑。總覺得有點高興。她果然——是「兔羽」。是我認識的她。跟她聊天所花的上百小時，並沒有浪費。

「打擾了～」

熙涵忽然闖進房內。兔羽嚇得身體一顫，我則早有預感她會進來，因此嘆了口氣。沒有事情瞞得過這傢伙。

「差不多該走嘍，笨蛋。」

熙涵抓住我的肩膀，硬拉我站起來。

「咦？幹嘛？要帶他去哪裡？」

熙涵不耐煩地皺眉，回答兔羽再正常不過的疑問。

「這傢伙骨折了，必須送他去醫院。」

「咦？」

「臉色差～成這樣，還流了一～身汗……唉，硬撐也該適可而止吧？」

接住從天而降的兔羽時，我的腳骨折，腰也扭傷了。本來想先跟兔羽好好談談，之後再偷偷跑去醫院……但我確實快撐不住了，痛得要命。老實說，我連自己走路都有困難。

「我幫你叫計程車了，走吧。」

我在熙涵的攙扶下邁出步伐。

「那、那個……咦？」

兔羽一臉擔心地伸出手。

「別擔心，不是什麼重傷。改天再慢慢聊吧。」

雖然這只是我的直覺，她肯定會解除我的封鎖。跟她實際見過面後，不知為何我明確地感覺到，「兔羽」就是「兔羽」。只要明白這一點就夠了。

「下次見。」

兔羽一個人被留在小小的房間裡。

■

我——千子獅子乃獨自待在房間，心神不寧。

（姊姊跟大吾先生不知道在做什麼。）

以他們的個性來說，應該不至於吵起來。大吾先生傻傻的，應該很討厭吵架；姊姊是個膽小鬼，八成會在吵起來之前就逃走。

（……果然會離婚嗎？）

這是最中庸的可能性。

（這樣的話……大吾先生會變成單身吧。）

變成跟誰都能結婚的身分。因此我也……

（呃，我到底在想什麼啊！）

竟然用那種眼光看待剛跟姊姊離婚的男性，太骯髒了。身為一名品格端正的人類，不該這麼做。再說我對大吾先生又沒有意思。

（儘管那個「夢」確實令人在意——）

西元一九六〇年代的我，在別人家當女僕，手臂裡收納著穿孔槍，跟長得像穿護理師服的人魚ＡＩ一起在小巷子裡鑽來鑽去，弄得滿身泥巴。是個亂七八糟，毫無邏輯的夢境。沒有連貫性，確實是夢該有的樣子。

（那場夢裡面的大吾先生……小小的好可愛。）

我小小的主人。我都那個年紀了，還是被他吸引住。我想當時的我一定喜歡他。都從夢中醒來了，對他的愛意卻依然在內心縈繞不去，害我一看到他就心跳加速。

（我知道這一定是錯覺。我明白。我很清楚。儘管如此……）

——生春捲、越南煎餅，還有牛肉河粉，是一九六〇年代的我常做給主人吃的料理。我從來沒做過菜，還是努力回想小時候的味道，為他下廚。我想起大吾少爺非常喜歡那幾道菜，總是吃得津津有味。

（現實中的我明明從未進過廚房。）

為什麼有辦法煮得那麼熟練呢？難道那一切……

（那是夢。一定……是我在作夢……）

若非如此——我會很傷腦筋。

（萬一那就是我們的「前世」？萬一我的「命定之人」是大吾先生？）

大吾先生跟姊姊結婚了。即使只是表面上的關係。即使沒有真愛。

「獅獅～我可以進去嗎～？」

聲音從門後傳來，我透過魚眼確認來者的身分。

「姊姊。」

開門一看，熟悉的高挑女性站在那裡。她的美帶有魄力，仍舊連我這個同性看見都會倒抽一口氣，彷彿只有她在的那塊區域是扭曲的。

（……我怎麼可能有勝算。）

相較之下，我長得這麼矮。皮膚和頭髮都是奇怪噁心的顏色。

「這附近有地方可以填飽肚子嗎？便利商店也行。」

姊姊的肚子叫了一聲。

姊姊在米蘭燉飯上灑了一堆起司粉，好不健康。

「所以，妳過得還好嗎？有沒有遇到什麼問題？」

我置身於薩莉亞特有的氛圍中，用飲料吧的咖啡潤喉。儘管橫濱中華街有不少餐廳，由於這裡是觀光區，店家很早就關門了。這個時間還在營業的店屈指可數，我們便來到附近的薩莉亞。

「比起這個……」

我盯著她看……不如說是瞪著她。

「請妳不要給大吾先生添麻煩。」

「咦？」

姊姊驚訝得眨了眨大眼。

「怎麼了？妳居然會講這種話，真難得耶。」

「會嗎？」

「因為妳基本上對其他人沒興趣吧？」

經她這麼一說，我無言以對。確實如此。若是平常，姊姊對別人做什麼我都不會在意。我和大吾先生不同，不會如此輕易干預他人。

「只是因為他對我有恩。一宿一飯之恩。」

連我自己都覺得這個藉口真爛。世上最了解我——千子獅子乃的人，就是我的姊姊——千子兔羽。反之亦然。

「妳還是一樣講義氣耶。」

「因為我不像妳一樣那麼輕浮。」

像我們這種個性完全相反的姊妹，應該沒幾對吧。頭髮純白的我，頭髮烏黑的她。完美主義又有潔癖的我，享樂主義又隨便的她。喜歡的電視節目也好，喜歡的歌手也罷，沒有一處相同。

我們的差異實在太大，從來沒有互相理解過。可是，我們很珍惜這些差異。因為無法理解絕對不只有壞處。

「……大吾是什麼樣的人？」

姊姊用吸管攪拌青綠色的哈密瓜汽水。

「我也不知道該怎麼回答。」

我們才認識兩三天，又沒深聊過。我對他一無所知，沒資格談論這個人，發表太多意見有失禮節。

（一九六〇年代的他，我倒是很了解。）

我為這荒謬的誤會露出苦笑，同時開口說：

「一本正經的人。正經得讓人覺得笨。」

「嗯。」

「對人照顧得無微不至，是個濫好人。」

「這樣呀。」

「還有……」

我有點支支吾吾。不知為何，這一點我不想跟姊姊說。想把這份心意當成只屬於自己的東西。不過一旦承認，我可能會崩潰，所以我努力說下去。必須說下去。近乎於一種義務。

「……很溫柔。我甚至懷疑他腦袋是不是有問題。」

大吾先生總是對我很溫柔。只有這點是確定的。

「後面怎麼都補上一句壞話。」

姊姊笑了笑。有什麼辦法，我不想在她面前說他的優點。

「姊姊，妳之後打算怎麼辦？」

她的表情有點困擾。真難得。這個人總是笑嘻嘻的，不會在他人面前展現情緒。簡直就像真的在為別人煩惱。

「發生什麼事了嗎？」

「算是吧。」

我一頭霧水。她接著說：

「……我還以為見到大吾後，會被他賞一巴掌。」

「太天真了。如果這樣就能解決問題的話，妳反而該謝天謝地。畢竟這種事情可是會鬧上法院。」

姊姊笑著說：「獅獅真嚴厲。」我大概無法原諒她的所作所為。然而我的心情又還沒整理好，難以嚴格定義這種情緒。

「可是他什麼都沒做，只是苦笑而已。」

她用平靜的聲音輕聲說：

「……我還寧願他直接打我。」

我隱約察覺到，姊姊八成會這樣想。因為她不是會害怕皮肉之苦的人。可是她真的膽小過頭，只會逃避面對人心。

「姊姊，別再接近大吾先生了。」

「咦？」

「妳也不想牽扯上更多麻煩吧？沒有勇氣繼續深入吧？」

大吾先生很溫柔。是我的恩人。我不想再給他造成困擾。

「獅獅，妳怎麼了？真不像妳會說的話。」

我們截然不同，完全無法理解對方。正因如此，我們從來不會對對方做的事有意見。那是我們尊重對方的方式，是舒適的距離感。

「妳也明白這次真的太過分了吧？」

姊姊用笑聲回答我。

「到底是怎樣？哈哈哈——妳該不會迷上大吾了吧？」

她笑得彷彿在講難笑的老笑話。彷彿在講「幽浮把牛帶走了」這種無厘頭的都市傳說。

「獅獅，妳怎麼了？」

「……什麼怎麼了？」

「因為妳看我的眼神就像要把我殺了。」

我不禁苦笑。

「妳的被害妄想太嚴重了。」

「別把我說成誇大妄想症患者。」

「實際上就是吧？妳這個不相信人類的神祕主義者。」

「哈哈，妳有資格說人家嗎？沒朋友的冷血人類。」

我們互相攻擊，立刻相視而笑。我和姊姊有太多缺點，所以相處起來才令人安心。那就是我愛她的理由，她想必也一樣。

「姊姊，我一直很好奇一件事。」

「什麼事？」

「妳不是想騙大吾先生，企圖利用他嗎？」

「對呀。」

「既然如此——為什麼每晚都要跟他講電話？」

怕麻煩的妳，狡猾又聰明的妳，極度避免跟人接觸的妳，為什麼會這麼做？姊姊面不改色地別過頭，擺出漠不關心的態度挖了口米蘭燉飯。

我看到這一幕深深體會到，我們果然是姊妹。

■

我坐在開回公寓的計程車中嘆氣。

「竟然要打石膏，太小題大作了。」

「你的骨頭可是裂了耶，怨不得別人吧，大吾？」

熙涵邊滑智慧型手機邊回答我。我望向螢幕，她正在刷手遊。是少女拿槍戰鬥的遊戲，最近常在廣告上看見。

「謝謝妳陪我。」

這次換成她嘆氣。

「你喔，要是我當時沒出來把你抓走，你打算怎麼辦啊？」

「『忍耐』！」

她輕輕戳了下我的頭。其實就算有止痛藥，變成紫紅色的腳依然在陣陣發疼。不過比起腳傷，我現在有更該煩惱的問題。

「……我之後該怎麼辦呢？」

我對好友吐露喪氣話，她嗤之以鼻。

「想聊戀愛話題的話，拜託去找琳。每個問題她都會給你錯誤的答案。」

「別這麼說！我只有妳可以依靠啊～！」

熙涵不耐煩地看著我。

「換成是我，會跟她澈底斷絕關係。想成是被狗咬，趕快走出來。」

「……我想也是……應該要這麼做吧。」

她觀察我的眼神，然後喃喃說道：

「你對她還有留戀吧？」

「唔！」

「我就覺得她是你的菜！你就～愛那種類型嘛。性格惡劣的女人！」

「說、說她性格惡劣未免太難聽了吧？而且茜（前妻）又不是那種人。」

「是沒錯。」她這麼說著，並且皺起眉頭。

「你……內心渴望被人玩弄……你是被虐狂啦，被虐狂。」

「好了，閉嘴。」

「你學生時期在情趣用品店買下用來刺激龜頭的跳蛋，嚇死我了。」

「呃、呃，我只是要買朋友的生日禮物，不、不是我要用的……」

青梅竹馬就是這一點麻煩。小時候的黑歷史都會記得一清二楚。

「回歸正題，給我點建議吧。」

「嗯～那我就分享一下我在ＮＹ學到的。」

她透過計程車的車窗欣賞橫濱的夜景。

「不是有人說『順從內心的想法』，或是『與其不做後悔，不如做了再後悔』嗎？」

「嗯。」

「那都是唬爛的。」

「怎麼？妳曾經後悔過嗎？」

「當然有嘍。到頭來，要不要去做只能自己思考，沒有正確的答案。會失敗，也會後悔。沒有人會去採訪喪家犬，如今的風氣是勇於挑戰才是王道。就連五歲小孩都懂，人生那麼複雜，哪可能簡單到用一句廢話就能解釋……」

顏熙涵露出自嘲的笑容，視線移到智慧型手機上。

「等等，妳講完了嗎？結果妳想表達什麼啊？」

「給別人建議這個行為本身——以及向別人尋求建議的人——都沒有意義。」

這句話狠到不像朋友該講的。

「隨心所欲地活著，隨心所欲地去死。本質上來說，我們只能做到這些。」

這憤世嫉俗的論點，很符合她的作風。那是我應該無法擁有的信念。我不討厭摯友的這種個性，所以才能跟她相處到現在。

「說不定是因為人生沒那麼簡單，我才想找個人在一起。」

「你還真～廢。」

她微微一笑，之後開始滑智慧型手機。

我回到公寓，在熟悉的房間喘了口氣。

（今天真是波瀾萬丈，從早到晚發生了好多事……累死我了。）

我迅速脫掉長褲，從冰箱裡拿出啤酒。

「呀！」

身後的聲音使我回過頭——是兔羽。

「……原來你是四角褲派。」

「呀——！」

這次換成我尖叫了。我迅速穿回長褲。

「妳、妳還在我房間喔！我還以為妳肯定已經回去了。」

她甩動烏黑的頭髮望向窗外。

「我們現在好歹是夫妻。」

「……是沒錯。」

「之前不是在電話裡聊過要同居嗎？」

「是沒錯。」

「你的腳不是因為救我才骨折嗎？」

「怎麼了？妳想做什麼？」

「嗯～步步逼近？」

兔羽明明帶著親切柔和的笑容，我卻看不穿她的想法。跟總是板著臉，情緒起伏卻很明顯的獅子乃妹妹相反。

「——我打算直接住進這個房間。」

兔羽一副理所當然的樣子笑著說。我跟石像一樣當場僵住。

（咦？什麼意思？她的心境怎麼突然改變了！）

因為昨晚我還被她封鎖耶。我不是被她騙了，夫妻生活到此為止嗎？不，等一下。她要住我房間？住在這個小套房？跟如此……美麗的女性同居？這個……該怎麼說，就是……會不會太突然了？

「我完全沒作好心理準備耶。」

她咧嘴一笑。

「我也是～」

原來妳也是嗎？

「我第一次住男生的房間。我沒交過男朋友，怕得膝蓋都在抖，還是處女。」

「虧妳有辦法直盯著我講出這種話。」

好堅強的心靈。

「……可是我好歹還是你的妻子，那是我的義務，或者說權利。」

「呃……這是那個嗎？贖罪之類的？」

「嗯——硬要說的話……差不多吧……？」

妳根本沒自信嘛。所以是怎樣？真的莫名其妙。看我一臉疑惑，兔羽害羞地移開視線。

「因為……你說你沒有討厭我。」

「對、對啦……我說過。」

「那麼，你還喜歡我嗎？」

她問得這麼直接，害我驚慌失措。之前也說過，這個人的個性和臉超符合我的喜好，老實說我根本忘不了她。如果還有機會，我想好好把握。我知道這樣很沒男子氣概，可是！可是！咦？可以嗎？我可以順水推舟嗎？

「……意思是，妳還願意跟我過結婚生活嗎？」

她的表情突然恢復平靜。

「我又沒說想跟你離婚。」

「妳封鎖我了耶。」

「……那是……因為……可以說發生了很多事。」

很多事是什麼事？好奇歸好奇，現在應該問更根本的問題。

「兔羽，妳喜歡我嗎？」

她神色自若——不對，瞧她臉都紅了。兔羽在拚命掩飾情緒。如今回想起來，她從一開始就是這樣，始終在偽裝表情。

「總、總之！沒～關係吧！我們是夫妻嘛。大吾，你不想跟我住一起嗎！」

妳在惱羞成怒什麼啦。我非常不知所措。到底該如何是好？不過，我隱約明白一件事。

（這樣好像不是完全沒希望……？）

本以為兔羽完全就只是想騙我，對我沒有感情。可是看這情況，似乎並非如此。搞不懂她在想什麼。

（她跟我結婚，不是為了跟「未婚夫」分手的藉口嗎……？）

想不通。儘管如此，我覺得現在拒絕她不對。

「可以啊。因為我們是夫妻，妳想住多久就住多久。」

兔羽小聲回答：「ＯＫ。」語氣平靜，神情鎮定，臉頰卻紅通通的，這一面很可愛。

「那麼大吾，我們趕快……」

「趕快什麼？」

「一起洗澡吧。」

我的妻子真的很不簡單。

在動畫或電視劇裡面的洗澡場景常聽見的「叩咚——」聲到底是什麼呢？我在更衣室瑟瑟發抖，兔羽則面不改色，一副理所當然的態度站在那裡。

「來，大吾，先從上面開始脫，手舉高——」

「喂、喂，真的假的？兔羽，妳現在是認真的嗎？」

她像小兔子一樣歪過頭。

「因為是我害你骨折的嘛。要是你自己洗澡滑倒就糟了。」

「那個，很羞恥耶。」

兔羽露出傻笑。

「我也是～」

這傢伙是無敵的吧。

「我就直說了，不覺得很色嗎？我會羞恥到死，心臟跳得好快。」

「……我看妳很從容不迫啊。」

「哪有。我怕羞怕到電影裡的床戲都會直接快轉。」

她嘴上這麼說，臉上卻笑咪咪。好神奇的女性。

「啊，不過大吾，既然要同居，希望你遵守一條規定。」

「什麼規定？」

「禁止做色色的事。」

「咦？」

「你那是什麼反應？難道你打算盡情發洩？」

呃，是沒有，但我當然對此保持強烈的期待。畢竟我是男人。

「……因為……我還沒……作好心理準備。」

她面紅耳赤。看到她的反應，我隱約察覺到。

「兔羽，妳該不會……」

「什麼？」

「意外地膽小？」

「什麼？我哪有那麼廢。」

「我可以碰妳的胸部嗎？」

「你你你你你——」

兔羽羞紅了臉，和我拉開距離。

「……放馬過來。你發動攻擊的瞬間，我會用跳躍重拳打碎你的下巴。」

我臉不紅氣不喘地伸出手。

「喵————！」

兔羽哭著逃跑。

（……她怎麼這麼怕人。）

我逮到這個機會急忙脫掉衣服，然後泡進浴缸。

「呼。」

泡在溫暖的洗澡水裡，這次真的鬆了口氣。石膏不能碰水，因此我將腿伸出狹窄的浴缸。

浴室的門緊接著打開，黑髮於眼前搖晃。

「……你為了把我趕走，故意嚇我對吧？」

「呀！喂，不要進來啦！」

「竟敢把妻子當成害獸一樣趕走，你什麼意思？我是浣熊嗎？」

「封鎖丈夫的妻子有資格說嗎？」

「等我一下喔。」她輕聲說道，走向洗手槽。腦中浮現疑惑的瞬間，我聽見那裡傳來衣物的摩擦聲。真的假的。這女人該不會在脫衣服吧？

（慢著、慢著，我還沒作好心理準備啦！）

浴室的門「喀啦」一聲打開。

「至少讓我幫你擦背吧，大吾。」

「……妳怎麼穿成這樣？」

「啊，這件潛水衣嗎？它乾得比較快。」

為何會有那種東西？至少穿個泳裝吧。不過這個發展我有點猜到了——我產生各種想法，吐著氣泡沉進浴缸。

說到人類睡覺時會用的東西，就是大家熟悉的棉被。

「這邊到這邊是我的領土，敢越線就開戰喔。」

兔羽身穿可愛的睡衣，卻毫不掩飾戒心，對我低吼。

「……既然妳那麼警戒，當初何必說要住這邊呢？」

「因、因為……我依然是你的妻子嘛。夫妻就是要一起睡覺。」

妻子——她願意以我的妻子自居。

「可是，沒有妻子會把棉被列為領土吧？」

兔羽到底為何要住進我家，老實說我一頭霧水。她願意細心照顧我，我很感謝就是了。

「兔羽，我先跟妳說，妳現在就算被我怎麼樣，也沒資格抱怨。」

「我、我會報警。」

「……妳要怎麼跟警察說？丈夫趁妳睡覺時上了妳嗎？」

「啊嗚嗚嗚。」

她的眼珠子在打轉。這個人好不擅長辯論。

「放心，我不會那麼做。在妳下定決心前，我都不會做讓妳害怕的事。」

「……大吾。」

她盯著我的臉。

「——你真的被我迷得團團轉耶。」

「咦？」

「對不起，我是個罪孽深重的女人。我實在太可愛了……我懂。」

「…………」

「我那麼自作主張，你還對我這麼溫柔。我可是把你封鎖，還企圖逃避面對你一輩子的女人喔？看來你超級喜歡我呢。好可憐……」

我看最好認真教訓我的妻子一次。

「可是，我還沒搞清楚自己的心意！會害怕自己是不是真的要結婚！所以再～陪我任性一陣子吧，拜託！」

「好強人所難的要求。」

話說「是不是真的要結婚」是什麼意思？

「妳已經結婚了啦！妳在法律上已經是我的妻子了！」

「……對、對啦。那個，是沒錯。我是你的妻子。」

兔羽撥著瀏海。如同小動物的動作異常可愛，導致我一句話都講不出來。簡單說來就是違抗不了她。

「……我先關燈嘍。」

「嗯。」她小聲回應，背對著我鑽進被窩。我們的腳趾碰到了一瞬間，我感覺到她嚇了一跳。身後傳來的呼吸聲急促又不規律，大概是在緊張。她八成是第一次跟男性同房。

（為什麼都怕成這樣了，還說要住我家呢？）

越想越莫名其妙。不過我絞盡腦汁——想到一個微乎其微的可能性。

「我可以——」

「嗯？」

「可以姑且……把妳當成妻子嗎？」

身後的人沒有動靜。室內鴉雀無聲，只聽得見外面的醉漢在嚷嚷。她始終沒有開口。這陣沉默持續了約一分鐘，接著她忽然咕噥道：

「你願意這樣想的話。」

我們之間的距離感還捉摸不透。有很多必須討論或決定的事情。

可是，我們說不定正朝著同一個方向前進。

# 第六話　Rabbit down the Hole

——我的名字叫做千子兔羽。

正值青春時期的高二生。基本上不會去學校，靠父母的遺產過活，隨心所欲地活著。座右銘是「同歸於盡」。喜歡的食物是螢烏賊。興趣是生存。擅長堆河邊的石頭。不擅長摸狗（怕被咬）。

我想聊聊我遇到御堂大吾這位男性的經過。因為有許多敘述起來很麻煩的片段，可能會有點長，敬請見諒。

說起來，我和他今天並不是第一次見面。

至少他好像是這麼認為的，但我很久以前就認識他了。話雖如此，其實也不是多重要的回憶。事情發生在十年前，我小學三年級的時候。

那一天是縣內知名高中的校慶，我獨自跑去參加。以小三生的角度來看是場大冒險，現在的我看來則是挺可愛的探險。

當時我受到管家和女僕的嚴格監視，動不動就想反抗。

我懷著勇者要踏進魔王城的心情，闖入名為「高中」的魔境，為七彩的世界瞪大眼睛。不是成年人的大哥哥大姊姊有的擺攤，有的穿布偶裝，看起來玩得很開心，我羨慕不已。

「妳沒事吧？」

有個大哥哥可能看我一個小三生沒有人陪，跑來跟我搭話。我怕得想逃走，可是他願意請我吃看起來很美味的可麗餅，我便乖乖跟他說話……如今回想起來，管家不讓我去外面真是明智的抉擇。那麼不諳世事的小孩，簡直是誘拐犯眼中的肥羊。

「高中生好厲害喔！」

看到我吃著可麗餅，兩眼發亮，他——御堂大吾——露出溫柔的笑容。我將一切告訴了他。被關在家裡。渴望自由。今天是來冒險的。

我記得很清楚。當時他誇我懂事，我不知為何揚揚得意。

「我也可以跟妳一起去冒險嗎？」

我很高興，馬上就答應了。我們一起逛校慶，擠在舞臺前面看表演的時候，他還讓我騎到他肩上。那是我從出生到現在最快樂的回憶。

「……嗚嗚！」

太陽下山時，他看我突然哭出來，問我怎麼了。

「回家後……會被痛罵一頓。好可怕。」

「這樣啊。」他喃喃地說並撫摸我的頭，接著帶我回到我家。他好像還事先打過電話。管家抱緊回到家的我，一臉快要哭出來的樣子。這時我才知道自己做了多麼不該做的事。

「大哥哥，你還能再陪我玩嗎？」

「當然嘍。」他笑著回答，又摸了下我的頭。管家他們沒有生氣，是因為他幫我說話。他不停地道歉，拜託他們不要罵我。現在回想起來，那個人以前就是這樣。

於是，我對他產生了愛意——並沒有，人類這種複雜的生物沒那麼簡單。住在遠方的帥氣大哥哥，就是他在我心中的形象。基本上沒辦法離開家裡的我，從小就很會用電腦，即所謂的電腦兒童。當時我一天到晚都在玩麥塊。

我搜尋他的名字，知曉他社群網站的帳號，不由自主地追蹤他，偶爾觀察他在做什麼，樂在其中。

數年後，我進入青春期，也就是會排斥男性的年紀。我也不例外，不知為何不敢靠近男人，卻會看BL作品。國中時期的我對異性沒什麼興趣，被人告白過好幾次也全都因為覺得不舒服而拒絕了。

大哥哥——御堂大吾先生——對我來說，當然也只是不時會在社群網站上看到的人。順帶一提，我偶爾會回他的貼文。

問題在那之後，我升上高中時。

平常根本不會出現的姑婆說要慶祝我上高中，招待我去飯店吃晚餐。雖然沒有特別喜歡或討厭她，我基本上不擅長跟人交際，所以本來想拒絕。可是她好歹是我的監護人，不能置之不理。

「是時候跟妳討論將來了。」

這時坐在她旁邊的，是工藤刃先生。當時他應該三十多歲吧？應該遠比大吾先生年長。姑婆向我宣布，這個人就是我的未婚夫。我打從心底無法接受。連跟男生交往都有點排斥了，還要我跟不認識的大叔結婚，實在辦不到。

姑婆的個性真的很強硬……又擅長辯論……不管我怎麼說，她都面不改色，用極具分量的話語作出決定。大家身邊也有這種人吧？無法理解的話，大致上跟黑○徹子差不多。生於戰亂時期，走過昭和時代的豪傑，根本不像女人。平凡的女高中生根本不可能贏得過她！

我看她會在我搞不清楚狀況的時候把事情統統決定好。在我心生畏懼之時，姑婆開出一個條件。

「如果妳找到心上人，讓妳跟他結婚或許也不是不行。」

原來如此，來這招嗎？總而言之，那天我被姑婆異常的熱情烤得頭昏腦脹，回到家中。

我躺在純白的床上，思考「戀情」和「愛情」。還有喜歡上某個人，跟某個人結婚。

（說到我這輩子喜歡過的人——）

——御堂大吾先生。比我大的高中生哥哥。雖然只是小三時淡淡的回憶。

我被激起了好奇心，久違地去看他的社群網站。

「……咦？他離婚了呀。」

我知道他已婚。得知這個消息時，我擅自感覺到胸口揪緊般的痛楚。

「婚活。」

他在社群網站上宣言：「我要進行婚活！」看他平常發的文，我知道他住在橫濱的中華街。婚活。他也在尋找戀情，尋找愛情。真是太巧了。

——起初只是小小的玩心。

我在主流的婚活軟體上，找遍住在中華街的人。想找到他比想像中還容易。因為他沒有在保護個資，對我這個網路跟蹤狂來說只是小菜一碟。

（要結婚的話，還是跟喜歡的人比較好～）

我傻笑著心想。簡單地說，跟那個時候一樣。小學三年級時，跑去參加高中校慶的大冒險。心臟跳得好快，但這並不是墜入愛河的心跳加速，而是惡作劇時的心跳加速。

『妳、妳好，我是御堂大吾。』

跟他聊了幾句後，我們馬上改成講電話聊天。聽見他緊張得聲音分岔，我差點忍不住笑出來。

「……尼、尼豪！我速……『兔羽』。」

可是我發出更丟臉的聲音，獨自羞得面紅耳赤。

（大吾先生原來是這樣的人。）

第一次講電話時，我的心臟差點從嘴巴跳出來。從小崇拜的大哥哥。以異性的身分跟那個人對等交談。好開心，感覺輕飄飄的，不過最令我驚訝的——是我們非常聊得來。

「我說，大吾先生，那樣有問題吧？你該不會其實挺笨的——？」

『第一次講電話就罵我笨，會不會太過分了！』

我們一開始就聊得很久，回過神時已經是深夜，我依依不捨地掛斷電話，心臟劇烈跳動。起初我們三天才會講一次電話。因為我怕太纏人的話，他會嫌我煩。

可是我們馬上進展成一天講一次電話。白天看到有趣的東西會期待跟他聊起這個話題，晚上一到約好的時間就跪坐在智慧型手機前待命。

偶爾因為太常講電話的關係，大白天的就打給他。他會苦笑著承諾晚上再打給我。惡作劇時的心跳加速，轉為墜入愛河的心跳加速。

『兔羽，我們差不多……該約出來吃頓飯了吧……妳覺得呢？』

「這、這個……」

那一天，他提出講過好幾次的要求。我總是東躲西閃，不過差不多到極限了。

（畢竟大吾在找結婚對象。）

無論我們聊得多開心，純聊天並沒有意義。我很困擾。超級困擾。我想一直跟他聊天，卻害怕實際與他見面。要是他記得我的臉怎麼辦？要是他發現我是女高中生怎麼辦？見了面肯定會被拋棄。

「最近流行盲婚喔。」

因此，我只得說謊度過難關。

『那是什麼？』

「在沒見過面的情況下去登記。只靠雙方的心意……或者說契合度去選擇對象。不覺得這樣才叫做真愛嗎？是靈魂的愛。」

『……妳是相信這種東西的人喔？』

「想不到我也有這一面吧。」

他似乎無法接受，可是當時他丟下一句：「好吧。」就放過我了。我鬆了口氣。我不想結束跟他的關係——這彷彿待在舒適圈的幸福關係。

因為我的生活真的變得多采多姿。我認為他是我的命定之人。不知不覺間，滿腦子只想著如果能跟他永遠在一起，其他事都無所謂。

『兔羽，跟我結婚吧。』

講了半年左右的電話，他向我求婚了。我哭著答應。真心喜歡的男人希望我永遠跟他在一起，真的好高興。

明明充滿謊言的我，連跟他見面都辦不到。

——現在，我在大吾的房間緊張得全身僵硬，裹著棉被。

（噫噫噫！大吾離我好近！好近喔！）

我缺乏人生經驗；因為網路的關係懂得許多那方面的知識，卻連男生的手都沒牽過；我有強烈的罪惡感，卻想跟他在一起，快要哭出來了。

（他一定覺得我是怪女人〜〜！）

我在哪裡走錯路了呢？仔細一想，打從一開始就錯了。如果硬要找一個轉捩點，那就是我封鎖了他。

我完全沒料到他會以為我是不想跟未婚夫結婚，才拿盲婚當藉口騙他。但我無法否認。

畢竟那確實是我接近他的起因。我又開不了口告訴他，其實我是因為隱瞞了真實年齡才說要盲婚——因為他還沒發現。

（我怕他生氣，怕被他討厭。）

所以我才跟他拉開距離。身體層面的逃避。這是我的壞習慣。我習慣逃避，不敢面對挑戰。不乾不脆，昨天幾乎整天都在哭。

（不過，我現在在這裡。）

在他旁邊。跟他睡在一起。我的心跳聲太吵了，絕對睡不著。

「……兔羽。」

聽見他的聲音，我的心臟宛如被野狼發現的兔子猛然跳起。

「妳睡著了嗎？」

「……睡著了。」

「這不是還醒著嗎？」

大吾的聲音。我喜歡的人的聲音。他大概想睡了，聲音沙啞，有點性感，我心跳快到可能會死掉。因為——他說得沒錯——不管他什麼時候對我出手，我都沒資格抱怨。因為我現在是他的妻子。我跑進他家過夜。又是兩人獨處。

「妳明天有什麼計畫嗎？」

「咦？呃……沒有啊。」

其實有。明天是上課日。但我本來就沒去學校，所以也沒差。

「我傍晚下班，到時……」

「嗯。」

「要不要去逛逛？」

這也就是說……

「……你在邀我約會嗎？」

「問、問這種問題太不解風情了吧。」

有什麼辦法，我不知道嘛。好難懂喔。我是少女耶。

「可以啊。」

我的語氣冷靜且不帶情緒，內心卻躁動不已，陷入恐慌狀態。他果然沒打算拋棄我。

（……大吾，你太濫好人了。）

可是我就是喜歡你這一點。溫柔至極、傻傻的、又帥又可愛、讓人想緊緊擁抱——約會。第一次跟大吾約會。我都不知道妄想過幾次了。好開心。同時又緊張得快死了。

「話說回來，結果妳在做什麼工作啊？」

「咦？…………這個嘛——」

我絞盡腦汁。

「當尼特族。」

這樣就能一直在一起！我一副想到好主意的態度，可是冷靜一想，真不該這麼回答。現在這個時代，一開始就想當家庭主婦的女人根本是地雷。

「啊！不對。應該說是，在家裡幫忙之類的。學習中之類的。」

「啊～類似考證照嗎？」

「對、對對對。就是那個。考證照。」

人類就是像這樣，用一個謊言去圓另外一個謊言。罪惡感導致我快吐了。我在欺騙最喜歡的人。心臟痛得像被冰鑿刺穿一樣。

「晚安，兔羽。」

「……嗯。」

不過我意識到，光是能被他溫柔地呼喚名字，就值得我承受那份痛楚。

（對不起，我是個壞女人。對不起。）

當晚，我作了一個夢。

我反而想稱讚自己在那個狀況下還有辦法睡著。我之所以發現那是夢，是因為界線太模糊了。自己與世界的界線。肌膚與空氣的界線。

「這是什麼？」

鞋子排在一起。色彩繽紛的鞋子。

布鞋、高跟鞋、皮鞋、小丑穿的會發出噗噗聲的鞋子、拖鞋、運動鞋、義肢、沉重的鐵鞋、蹄鐵、雪靴、分趾襪、從來沒看過的會飛的輪鞋、Huarache（墨西哥涼鞋）、功夫鞋、樂福鞋、羽毛鞋、足尖鞋、包鞋、從底下噴出岩漿的鞋子，以及血跡斑斑的玻璃鞋。

這些鞋子整齊地排在一起，彷彿有人在穿著它們一般微微震動。鞋子上方有張小桌子，小小的印章排在一起印出文字，跟古早時代印報紙用的活字印刷一樣拚命地、竭盡全力地記錄著什麼。

「好奇怪的夢。」

我自言自語，發現臉頰溼溼的。回頭一看，人魚帶著泫然欲泣的表情站在那裡拍打水面。穿護理師服的半透明人魚，魚鰭靈活地擺動。

「出、出現了。妳是……！」

我最近不時會看見的幻覺。會反射在櫥窗、鏡子和電視螢幕上，總是在對我吶喊。穿護理師服的人魚凝視著我說：

『——妳是喪家犬。』

這句話超級失禮，害我愣了一下。

『因為妳不是命定之人，只是個陪襯。從妳愛上他的那一刻就決定好了，失敗者。除此之外，妳什麼都不是。』

「……『他』是指大吾嗎？」

『他的命定之人是千子獅子乃。很～～～久以前就注定了。』

獅子乃？咦？獅獅？出現意想不到的人名，我大吃一驚。她的確很喜歡大吾的樣子，總覺得不太對勁。獅獅不會隨便親近人。因為她是孤高的獅子，自己就能捕獲獵物，沒必要依賴別人。

「講什麼鬼話？妳只是我的夢耶。」

『妳沒想過妳才是我作的夢嗎？』

護理師笑了笑。她好像是全像投影，不時發出「滋——滋——」的聲音扭曲形體。

『妳是喪家犬，失敗者，陪襯，配角，妨礙別人戀情的蠢貨，可悲的砲灰，外人，沒有存在感的電燈泡，不值一提的障礙，無聊的女配角，愚蠢的配料。』

「……」

我被她惹火，全力揮出右直拳，卻穿過了全像投影。

『對不起，我沒有要激怒妳的意思。』

「那妳可以換個說法吧！」

『我們只是——』

不規則晃動的鞋子們忽然停下。

『希望妳贏過命運。』

她看著我，一臉哀傷，一臉懊悔。全像投影的影像變得更加混亂，連她的聲音都斷斷續續。接觸到強烈的情感，令我極度不安。

「等等，妳到底是什麼東西？妳想表達什麼！」

『妳不是命定之人。因為妳連一九六〇年代的回憶都想不起來，所以妳必定會敗北。打從一開始就決定好了。不過，正因如此——』

她抓住我的手臂。力氣好大。

『我們固然是喪家犬，卻不會白白投降——對吧？』

人魚護理師如同碎裂的櫻花花瓣化為碎片。

「哇！」

碎片伴隨強風飛進我的胸口，我嚇得後退。鞋子舞動著敲起規律的節奏，如琴鍵般美麗。活字印刷的小字印章好似龍捲風飛到空中，每個印章都排得整整齊齊，發出「喀、喀、喀、喀」的聲音。那是文字與文字連接的聲音。排列好的字句翻轉過來，變成巨大的螢幕。

黑白螢幕中，一男一女握著對方的手。

『──因為我們被命運連繫在一起。即使會在今日死去，總有一天還會再見面。』

女僕與少年站在山丘上，巨大彗星從天而降。

（那是獅獅和──大吾！）

外貌跟我所知的模樣有些許差異。不過那兩個人的氣質和眼神告訴我，就是他們沒錯。

兩人愛憐地凝視著彼此，把臉湊近。

『所以──』

純白的女僕──千子獅子乃臉上浮現哀傷的笑容。

『下次見面的時候，請您一定要娶我為妻。』

不要──我還沒開口，兩人的嘴唇就宛如電影的男女主角逐漸貼近。

我呆站在那個畫面前，什麼都做不到。

我睜開眼睛，流了一身冷汗。

（剛才──那個夢──是什麼──）

大吾和獅獅是命定之人，而我只是喪家犬。那肯定是夢，不過是場異常真實的惡夢。看見耀眼的朝陽，我吁出一口氣。

「真是白痴。」

夢就是夢。只存在於神經中，沒有實體的東西。我的心靈可沒脆弱到會被那種東西耍著玩。我會怕的頂多只有擁有實體的他人。

「呼……呼……」

旁邊睡著一個像大型犬的人。

（對了，這裡是大吾的房間。）

我仔細觀察周圍，房間挺整齊的。只不過實在很小，放著各種雜物。橡膠球掉在棉被旁邊，那究竟是用來幹嘛的呢？

（……睡著的時候也好帥。）

汗水使他的上衣貼在肌膚上，有點性感。我心跳漏了一拍。

（是因為我喜歡他，才會覺得他帥嗎？從客觀角度來看，應該只有一般程度才對。）

為什麼女生跟喜歡的男生在一起會這麼緊張呢？男生也會緊張嗎？本想趁他睡覺時偷摸他的臉，卻因為太膽小的關係縮回了手。

「呼啊。」

他動了一下。要醒了嗎？——呃，糟糕。

（我剛起床耶。）

頭髮說不定很亂，臉頰說不定水腫了，眼角搞不好有眼屎。長得可愛所以做什麼都會被原諒的我要是少了可愛，就只是個難搞的怪女人。我急忙試圖逃離現場，衣物摩擦的聲音卻越來越大。

「……早安，兔羽。」

「…………早安。」

他睡眼惺忪地看著我。

（好可愛。）

笨蛋笨蛋笨蛋，我這個笨蛋。不要看到他剛起床的樣子就小鹿亂撞，妳是少女嗎？又不是國中生在談戀愛——我反射性地遮住自己的臉。

「怎麼了？」

「沒、沒事。什麼事都沒有。」

心臟跳得好快，好想吐。要吐了。可是，唯有現在的樣子死都不能被他看見。不想被他看見我不可愛的樣子。被看到會死掉。他昏昏沉沉地抓住我的手臂。

「啊嗚！」

「不要緊吧？」

大吾抓著我的手，盯著我的臉。

（好近好近好近好近好近好近好近好近！）

——不行了。我對這種事太缺乏抵抗力。沒想到我這麼遜。

「沒事啦……」

我使勁甩掉他的手——

——噗！

微弱尖銳的聲音響起。那是空氣排出的聲音。

「咦？」

呃，不是。那是我的手壓到橡膠球的聲音。不過以現在的狀況來說，聽起來絕對像施力的我……從屁股……那個……排出空氣的聲音。我馬上想要辯解，卻羞得大腦一片空白，發不出聲音。

「別、別介意，這是正常的生理現象。剛起床肚子空空的，沒什麼味道……！不用放在心上……！」

大吾拚命幫我找臺階下，反而害我更不好意思。所以我——

「不是啦啦啦啦啦啦啦啦！」

死命吶喊，紅著臉逃離他的房間。

# 第七話　這是愛情喜劇喔。

我——千子獅子乃在早上八點找他一起吃早餐時，發現垂頭喪氣的大吾先生。

「哎呀，這種地方怎麼有條毛毛蟲。」

他低頭坐在門前，捏著會發出噗噗聲的橡膠球玩具。

「問妳喔，兔羽她——」

「請說。」

「該不會臉皮超薄的？」

啊——我懂了。

「她的心靈脆弱得跟撲克牌塔一樣。自尊心超高卻很笨拙，一推即倒。喜歡逃避是那個人的壞習慣，從小就是這樣。」

「……原來如此。妳真了解她耶。」

「因為我們是姊妹。」

姊姊總是在逞強，故作鎮定，虛張聲勢。可是被人罵就會拋下一切，拔腿就逃。我並不討厭她這種個性。

「所以，發生什麼事了？」

「喔，昨天兔羽在我家過夜。」

「……什麼？」

等等。姊姊在他房間過夜？過夜也就是指——那個意思？呃————————————啊，不行。大腦一片空白，無法整理思緒。

（話說那個人不是離開這棟公寓了嗎？昨晚我們在薩莉亞道別時，她明明還說：「我得去潛水用品店一趟。」）

還以為現在她八成在伊豆享受單人旅行。

「昨晚我們處得還不錯，但我今天早上不小心做錯事，害她逃掉了。」

「處得還不錯」是什麼意思！「做錯事」是什麼意思！你們做了什麼事！

「大吾先生。」

總之這樣下去不行。我或許得想辦法解決。

「咦？怎麼了？」

「你不能再跟我姊扯上關係了。你被騙了。她肯定還在圖謀不軌。」

「虧妳有辦法這麼直接地懷疑有血緣關係的姊姊……」

因為姊姊就是那種人。她曾經偷偷把遊樂中心的代幣放進我懷著期待存錢的「一百萬日圓存錢筒」，看著歡呼「已經存到這麼多了——！」的我笑得很開心。

「我喜歡姊姊，因為我們是家人，我愛她。不過這個跟那個是兩回事。」

「『這個跟那個』？」

「那個人——是魔女。」

大吾先生啞口無言。「魔女」是我小時候偷偷幫她取的綽號。我也不想講這種話，但我不忍心再看這個人被她當成玩具了。

「姊姊會因為心血來潮而行動，把事情搞得一團亂、打成死結，看到情況變得無可救藥再獨自逃跑。她是個空有行動力的膽小鬼。」

「……我知道她習慣逃避。畢竟我都被她封鎖了。」

「大吾先生，你不能再當姊姊的玩具了。」

我直盯著他的眼睛。溫柔的目光。有點困擾的笑容。

「因為……你……」

你這麼溫柔。這麼老實。這麼正直。那個魔女竟然欺騙你，懷著半好玩的心態玩弄你，太過分了。我越想越火大。

「下次看到姊姊，我會撂倒她……」

「乖乖乖，獅子乃妹妹，妳冷靜點。」

我超級喜歡姊姊。她的弱小和堅強我都深深愛著。可是，這次太超過了。說起來，她透過婚活網站接近大吾先生，有一半是基於好玩的心態吧（※猜中了）。

「謝謝妳為我擔心，獅子乃妹妹。」

「唔！」

他苦笑著溫柔撫摸我的頭。

（又把我當成小孩子……！）

被他的大手包覆的感覺既溫柔又舒適，使我的心臟緊緊揪起。

「但我想試著再努力一下。」

「咦？」

「我確實搞不懂兔羽的想法，不過……我認為她有在接近我。」

「……」

「所以我得加油。我們可是夫妻呢。」

說得簡單做得難。明明你們昨天才第一次見面。她只是因為想要結婚證書才欺騙你。然而看到他溫柔的表情，我實在講不出這種話。

「——我比較想知道，你要摸我的頭摸多久？這叫做性騷擾。」

作為替代，我拍掉大吾先生的手，接著他露出做錯事的表情。

「換成別人，你小心被告。」

騙人的，其實我很高興。被他摸頭令我心跳不已。可是，這樣是不對的。不可以……對吧。我沒有那個資格。

（大吾先生決定和姊姊一起努力了。）

既然如此，我該為他打氣對不對？應該要這麼做吧？

今天我們也在中華街小巷子裡的黃龍亭吃中華粥。起初中華街特有的氣氛和淡淡的中藥味，對我而言都十分新鮮，現在則逐漸習慣了。

「獅子乃妹妹，早安！」

琳格特小姐和顏小姐。上海莊的房客今天也精神飽滿。

「咦？話說——」

顏小姐晃著小小的雙馬尾看著我。

「獅子乃妹妹是國中生吧？不用去上學嗎？」

「我暫時休學。因為家裡的問題感覺還得處理一陣子。」

不過只要姑婆身體恢復，這場騷動大概就會落幕。總之在那之前，我先借住在大吾先生的公寓裡。大吾先生咕噥道：

「不用付租金啦。」

「那怎麼行。」

雖說已經付了數個月份的租金，我仍然是受到照顧的那一方。

「唉～～獅子乃妹妹真懂事耶。我十六歲的時候……」

「妳十六歲的時候在做什麼啊，琳？」

「被新時代的觀念影響，在北印度的麥當勞打工～」

我們用眼神達成不要追究的共識。顏小姐頻頻瞄向智慧型手機螢幕（在玩遊戲嗎？真靈活）低聲說：

「話說獅子乃妹妹，妳白天都在做什麼啊？」

「看書或學習。」

「是喔～這樣很無聊吧？大吾，你帶她出去逛逛啦。例如江水。」

「江水？」我表示疑惑，琳格特小姐便秀出她的智慧型手機螢幕給我看。

新江之島水族館，簡稱江水。聽說是挺有名的觀光地，從這裡坐電車差不多要一小時。那間水族館似乎很巨大，而且還有水豚。水豚！明明是水族館！

「呃，我今天要工作耶。」

「在兩眼發光的女生面前，你竟然講得出這種話！」

琳格特小姐用湯匙指著我。亂、亂講，我才沒有兩眼發光。我突然覺得很難為情，裝作若無其事。

「……下次要去水族館嗎？」

「你、你想去的話不是不行。我是成熟的淑女，對魚類沒興趣就是了。」

「還有企鵝喔。」

「企鵝！」

我忍不住大叫，然後探出身子。看我反應這麼激動，大吾先生高興地笑了。我感覺到臉頰發燙，挺直背脊清了下喉嚨。

「……我也不是不能去啦？」

「好好好。約好嘍。」

他溫柔地跟我打勾勾。果然被當成小孩子了。雖然有點不滿，能去水族館倒是挺開心的。我想看企鵝和水豚，而且還想看水母。顏小姐咕噥道：

「話說你要做什麼工作啦。管理員還能有什麼事？」

「要去社長那邊。目前好像缺人。」

「喔～要去那裡啊？打工是吧？」

「打工」——顏小姐是這麼說的。我好奇得豎起耳朵。

「管理人的月薪扣稅後只有十五萬日圓嘛～雖說包宿，沒有副業實在活不下來。」

「妳怎麼知道？好可怕。」

「占卜之神Ｉｗａｓ無所不知！」

大吾先生恐懼地看著琳格特小姐。顏小姐問他：

「話說你的腳沒事了嗎？」

「有拐杖啊。不影響走路。」

打工？說到社長，是這家不動產公司的社長——玉之井昌克先生嗎？他是個帥氣高挑的男性，第一眼看到他的時候，我還以為他是偶像。

「那邊的工作很簡單，不過薪水太高，反而讓人感到恐懼。」

「社長是怪人，搞不好是一般人做不下去。」

「會不會是不知道行情啊？那個人只會走在自己的道路上……」

就我看來，這個上海莊的居民們也夠奇怪了，社長卻是連那些怪人都會怕的人。雖然他的外表看來還挺正常的就是了。

（大吾先生的腳都骨折了還要去「打工」，沒問題嗎……）

或許最好找個人陪他。而且我超．超．超級有空。電子書也差不多看完了，根本是無所事事的狀態。恩人需要幫助，伸出援手幫忙才是人類的正道。

「忙不過來的話，我也去幫忙吧？」

大吾先生咕噥道：「勸妳不要。」另外兩人則笑了出來，一副樂在其中的樣子。

踏進事務所之後，一陣香味竄入鼻尖。

「歡迎。咦？獅子乃小姐也來啦？」

社長瀟灑地翹腳坐在沙發上。

「……我阻止過她了。」

社長的事務所連招牌都樸素得只寫著「玉之井不動產」。裝潢也簡單俐落，卻裝飾著開洞的靶紙跟獵友會的外套，風格有點雜。

「聽說有人需要幫助，所以我來幫忙了。」

「打工」這種事，我這個被捧在手心養大的女生從未經歷過。可是姑婆說，人生重要的事情就是凡事都要經驗過。一切都從挑戰開始。

「這樣啊。謝謝妳。」

「還跟人家道謝。這孩子可是國中生耶。」

社長跟平常一樣拋了個連偶像都甘拜下風的媚眼，笑著指向事務所深處。

「……啊——真是個無可救藥的笨哥哥。」

結衣被堆成山的文件包圍，辛苦地工作著。

「連、連小學生都被抓來。」

大吾先生目瞪口呆，接著結衣嘆了口性感萬分的氣。

「之前不是有位山下小姐嗎？」

「嗯，是個大美女。」

「笨哥哥跟她告白，結果被人家甩了。他氣得到處亂講話洩憤，導致員工統統辭職。」

「⋯⋯⋯⋯Ｏｈ。」

「都是因為那個笨哥哥，害我現在頭很痛。我是在為自己的學費工作。」

結衣露出精明女性的笑容，比我成熟太多了。

「兩位要不要先喝杯茶？是今天早上剛採收的蟬茶。」

「別把你自己愛吃的噁心東西硬塞給別人，笨哥哥。」

「說那是噁心東西就不對嘍，結衣。我只是想吃好吃的食物。簡單地說就是美食家。」

「用蟬的幼蟲泡的茶哪叫美食啊？」

社長竟然是這樣的人，真想不到。可是他看起來跟結衣感情不錯，有點溫馨，我看了也很高興。至於蟬茶，我則誠心拒絕了。那種鬼東西最好能喝啦。

「那麼，你說的工作是什麼呢？」

面對大吾先生的提問，社長露出帶有一絲愧疚的笑容。

「老樣子。」

「⋯⋯當偵探嗎？」

「偵探」這個過於有趣的單詞，使我內心的貓耳高高豎起。不過這裡不是不動產公司嗎？為何會有偵探的工作呢？

「這裡是跟不動產有關的偵探事務所……曾經是。」

結衣為一臉疑惑的我說明。

「跟不動產有關的偵探？」

「妳想想，管理公司管房子的時候，不是也需要調查嗎？例如產權、土地問題、前房客的情報等。因為以前的人管得特別隨便。」

「原來如此。」

「這家公司是我們父親創立的。雖然以前是做偵探的，不過累積經驗後，發現不動產比較賺。」

「所以現在主要以不動產業為主嗎？」

我小聲這麼詢問後，社長有如看到好學生的老師笑著肯定我。

「可是，偶爾還是會有以前的常客或不知道從哪裡得到資訊的人來委託。」

「唉，我有叫他拒絕。我們家已經可以只靠不動產賺錢了吧？」

「畢竟當偵探很好玩嘛。」

「唉……」

社長笑容滿面，結衣則發自內心嘆氣。

（社長比我想像中奇怪好幾倍！）

明明長得那麼帥。這就是所謂的魚與熊掌不可兼得嗎？

「那委託資料給我看一下喔。從今天開始做嗎？」

「是的。跟平常一樣採時薪制，所以請記得打卡。」

我事後得知，偵探好像大多以時薪計算。好奇怪。大吾先生小聲表示理解，結衣心不甘情不願地將資料交給他。這時，社長咕噥道：

「對了，今晚好像會有暴風雨，你們最好帶個傘。」

來說明一下任務內容吧。委託人是隔壁鎮的管理公司，有個物件的房客住一個月左右就會搬走，想請我們查明原因。

「獅子乃，妳真的可以不用幫忙。」

儘管大吾先生靈活地使用拐杖，還是萬萬不可大意。

「你的意思是，我跟在旁邊會給你造成困擾嗎？」

「……妳還會用這招啊？」

我們在有點烏雲的天空下，於關內的市街上前行。要調查的物件是「克勞利公寓」，位於關內偏僻地區的福富町。

（總覺得……有點像約會。）

兩人獨處。走在市街上。距離近得手快要碰在一起。

（呃，我在想什麼啊！）

笨蛋笨蛋。我也太戀愛腦了吧。我只是來幫他忙的，不能誤會。要認真工作。冷靜達成任務才重要。

「到那邊前先吃頓飯吧。」

「啊，好的。」

「吃那家可以嗎？」

他指向沙威瑪的攤販。

（邊、邊走邊吃好嗎？）

他不顧扭扭捏捏的我，買了兩個沙威瑪。

「嚼嚼……唔姆！」

柔軟的麵包和濃郁的肉香，這個真美味。醬汁也完美無缺。

「嚼嚼。」

我專注地吃著，他笑著將手指湊近我的臉。

「吃慢點。看，醬汁都沾到臉上了。」

「阿唔！」

他用手指抹掉我嘴角的醬汁。手指溫柔撫過我的嘴唇，我害羞得心跳加速，動彈不得。

（是約會。）

這根本是約會。因為我在少女漫畫中看過。我就像漫畫裡常見的女主角一樣面紅耳赤、驚慌失措，凝視笑著吃沙威瑪的他。

（振作點。我要振作點啊！）

我是來幫忙工作的！大吾先生已經決定要跟姊姊一起努力了！不能像個少女把他當成王子殿下崇拜。再說那麼做不符合我的形象。

「好，差不多該走了，獅子乃妹……妳為什麼要捏自己的大腿呢？」

大吾先生納悶地看著企圖靠疼痛驅散戀愛腦的我。

抵達福富町時，我的戀愛腦已經消失在遠方。七彩的招牌亮著「泡泡浴」三個字。色彩鮮艷的旅館。廣告標語寫著「超持久」的藥妝店。「人妻」或「素人」之類的單詞，跟咒文一樣寫了一長串。

（這、這裡……是所謂的風化區！）

路上的行人看起來不太正派，路邊也隨處可見在抽菸的人。我不停左顧右盼，大吾先生笑著安撫我。

「很驚訝對吧？這一帶的氣氛挺不一樣的。」

「……我對橫濱的印象是上流社會。」

「這邊是外國人住的地方。跟中華街不同，沒有觀光區化。」

的確，環視周遭，外文招牌比日文招牌還要多。起初我沒發現，居酒屋和給外國人去的網咖好像也不少。

「雖然這裡感覺亂七八糟的，好吃的店也很多喔。有其他地方沒有的魅力。」

我一面聽他說明，一面看著招牌上畫有漂亮大姊姊的風俗店。

（大吾先生也會去這種地方嗎？）

聽說男人很常去。不過，大吾先生應該不會吧。他感覺就不太喜歡這種店，是和平又人畜無害的人，也不會看色色的書。大概。我認為他不會看那種不純潔的東西。嗯。

「關於這次要調查的公寓，只有二〇四號房的房客馬上就會搬走。」

「其他樓層的人都沒問題嗎？」

「好像是。首先得跟大家問話才行。」

「問話」一詞刺激了我的中二魂。

偵探、問話——這樣怎麼可能不興奮。克勞利公寓是一棟三層樓高的狹長型小公寓，位於福富町的角落，旁邊有一排旅館跟餐廳。

「不好意思——我們是管理公司的人——」

我們向公寓的居民們問話。像是最近有沒有異狀？有沒有為噪音所苦？有沒有跟鄰居起糾紛？

「不知道耶。工作辛苦了。啊，要喝水嗎？」

溫柔的中年房客這麼說，給了我們礦泉水。

「鄰居？啊──我跟他不熟，因為我們不常說話。」

他站在牆上裝飾著許多護身符的大門口這麼說。

每位居民都說不清楚情況，毫無進展。

「唔～嗯……到底怎麼回事啊？」

大吾先生一頭霧水。克勞利公寓的位置並不差，租金也符合行情。雖說位於紅燈區，我不認為這是有人會一直搬家的原因。

（話說回來，大吾先生好習慣問話……！）

完全不會害怕陌生人，流暢地跟對方交談。

（……他果然是大人。）

充滿「工作中的男人」的感覺。該怎麼說，有點帥。

「去房間調查看看吧。」

「了解。」

我們進到有問題的房間──「二〇四號房」。

「唔哇。」

房客剛搬走，清潔人員還沒打掃過的房間。由於前房客只住了一個月，裡面不怎麼髒，卻異常有生活感，可以想像他的生活。

「我去搜垃圾袋，妳可以幫忙調查房間嗎？」

「搜、搜垃圾袋？」

大吾先生熟練地搜起房間角落的垃圾袋。這也是偵探的工作嗎？我像個看到聖誕老人真實身分的小孩，打開房間的衣櫃。

「哎呀，這是什麼啊？」

我找到一個詭異的盒子，大吾先生走過來並嘟囔著：「什麼東西？」

我將外面印著「０．０２ｍｍ」的小盒子拿給他看。

「這、這是……」

「什麼東西呀？從來沒看過形狀這麼奇怪的盒子。裡面裝了什麼？」

「慢著慢著慢著！把……把它交給我。」

他移開視線，看起來有點尷尬。

「大吾先生，你知道這是什麼嗎？」

「知、知道是知道啦……」

「嗯？」

「總之，那不是女生可以帶在身上的東西……不對，為了以防萬一，最好帶在身上，但現在不是講這些的時候，總之給我！」

「我雖然不知道它是什麼，你這叫做性別歧視吧？」

因為性別而區分哪些事可以做，哪些事不能做並不對，應該要一視同仁。我無視驚慌失措的他打開盒子，拿出一個像小包裹一樣的小袋子。

「……糖果？」

「不對。看起來確實有點像汽水糖，不過不是那個。」

「那麼是什麼？」

我緊盯著講話吞吞吐吐的他。

（這個人有事瞞著我！那是心中有愧的表情。）

有事相瞞也不對。坦誠相待正是人際關係的基本。

「在你告訴我這是什麼東西之前，我會一直瞪你。」

大吾先生輕聲嘆息。

「耳朵湊過來。」

他把手放在我的耳朵旁邊。臉靠得好近，我的心跳瞬間漏了一拍。我感覺他那令人心癢難耐的呼吸，得知那個盒子裡面裝的是什麼東西。呃……咦？保險套？

「嗚喵！」

從手裡掉落的盒子發出「喀答」一聲，我滿臉通紅，愣在原地。

「……我就說吧。」

他也害羞地悄悄跟我拉開距離，再度搜起垃圾袋。

（我竟然在男性面前，臉不紅氣不喘地拿著那種東西！）

千子獅子乃，一生的悔恨。晚上我八成會回想起羞恥的回憶，睡不著覺。

「嗯？這是什麼？」

他在垃圾袋裡找到了什麼東西，疑惑地歪過頭。我也跟著探頭窺探，裡面裝的是切成碎塊的破布。花紋很有特色，像日式服裝或和服，不過這個量頂多只有一條手帕吧？我們面面相覷，歪著頭思考這個會是什麼。

我們之後也繼續在房間搜索、調查附近的店家，以及去管理公司打聽情報。有這麼多事要忙，不知不覺就天黑了。

「……唔嗯……」

大吾先生拚命思考著什麼事情的樣子。他想到什麼了嗎？老實說我一頭霧水，不過看起來並不是毫無收穫。

「回事務所吧。得回去打卡才行。」

我們從福富町的管理公司前走向事務所。

——可是這時，一滴雨從天而降。

「糟糕，傘忘在二〇四號房了。」

「啊！」

我拿著透明的塑膠傘。只有一把。我反射性開口說：

「那麼，要不要一起撐呢？」

「謝謝。幫大忙了。」

「……唔！」

他為我撐傘。如同一名紳士。在肩膀能夠相碰的距離。我靠在他身上。他為我擋住滴滴答答的雨水。這個距離彷彿連心跳聲都聽得見，好可怕。

（不對，他撐著拐杖耶！）

我立刻察覺，從他手中搶走雨傘。大吾先生輕聲說他不介意，但我狠狠地瞪向他。站在雨傘中央的人當然是他。因為我淋溼也沒關係。

（……距離真的好近，說不定快不行了。）

我小鹿亂撞、心跳加速，真的不太妙。心跳快到心臟要炸開了。我可是姊姊的妹妹。明明不是大吾先生的命定之人。

（真希望……這場雨……永遠不要停……）

綿綿細雨——變成了暴風雨，打在自以為少女的我臉上。

「唔喔喔喔！傘骨全斷了！」

「呀啊啊啊！大吾先生，是不是有點危險啊！」

強風差點把我們吹走的傾盆大雨。前一秒的浪漫氣氛跑哪裡去了！我還覺得就像在撐情侶傘，真是蠢斃了。在大自然的力量面前，少女心跟紙屑沒兩樣。

「獅子乃妹妹，小心！」

大吾先生大叫著摟住我。沉悶的一聲「咚！」同時傳來。印著「超便宜」的巨大招牌，被暴風吹到我們後方。

「痛……！」

「大吾先生！」

「啊，我沒事。沒事啦！……不過這樣下去真的會出意外！」

大吾先生按著受傷的肩膀，痛得面容扭曲。

（都是為了保護我，他才會受傷。）

怎麼可以這樣。我環視周圍，想解決這個問題。

「大吾先生，那裡！我們先進去躲雨吧！」

「那裡是………咦！」

印著「休息五小時三千日圓」的招牌。色彩鮮豔的燈光。跟周圍氣氛顯得格格不入的門口。我拉著面色鐵青的大吾先生，將他帶進旅館。

■

腦中浮現「兒少法」三個字。

「啊，裡面挺漂亮的嘛。」

獅子乃妹妹邊說邊觀察用藍色燈光照亮的豪華房間。我帶還在念國中的妻子妹妹——也就是姨妹——來到了情趣旅館。要是警察發現，搞不好會被抓。櫃檯人員看到身材嬌小的獅子乃妹妹，一瞬間露出欲言又止的表情，可是看到淋成落湯雞還撐拐杖的我，就默默放我們進來了。

「那麼大吾先生，請脫掉衣服。」

「咦！」

「剛剛招牌撞到你的肩膀了對吧？搞不好受傷了。」

啊，是這個意思啊。不對，就算是這個意思，跟姨妹在情趣旅館共處一室且脫衣服沒問題嗎……儘管這是不可抗力、迫於無奈，我又心中無愧。

（想太多也不好吧。）

外面的暴風雨變得比剛才更激烈了，玻璃窗被吹得喀答作響。我努力維持鎮定，脫掉上衣，把溼衣服掛在窗邊。

「…………………」

獅子乃妹妹瞬間僵住，緊盯著我看。

「咦？怎麼了？」

「沒事。」

她別過頭碰觸我的肩膀。柔軟冰冷的掌心令我嚇一跳。

「……腫起來了。」

獅子乃妹妹打開跟櫃檯借來的急救箱，同時瞪著我。

「你真的好傻。」

「咦？怎麼突然這樣說？」

「因為你的腳骨折了，又受了這種傷。」

她在生氣。比起感謝和憐憫，憤怒的情感更加強烈，由此可見她高尚的人格。每次跟她講話的時候，我都會覺得這名少女真美麗。

「保護別人，總是只有自己受傷……笨蛋。笨蛋笨蛋笨蛋。」

「我不是因為保護妳才受傷喔。是我自己太遲鈍，閃不掉罷了。」

「…………」

她用低於零度的眼神瞪著我。

「別以為我幼稚到會對這種藉口買單。」

好可怕。我不敢回話，瑟瑟發抖。她嘆了口氣，然後碰觸我的身體。

「你的肩膀必須冰敷。最好還要固定住。」

她既細心又勤奮地幫我做急救措施，補上一句：「之後要去醫院喔。」

真是寧靜的日落時分。外面明明下著暴風雨，雨水用力打在玻璃窗上，獅子乃妹妹的呼吸聲特別明顯。我打開電視，氣象報播員認真地呼籲：「神奈川縣全縣發布大雨特報。敬請關注後續的氣象報導。」看來整晚都會下大雨。

「現在該怎麼辦呢？」

「怎麼辦呢？」

我們都意識到沒有其他選擇。外面的雨實在下得太大，路上嚴重積水，而且也沒看到計程車。我的石膏同樣全溼了，不可能在暴風雨中走路。

「…………………」

然而，這樣好嗎？我有妻子耶。雖說是她的妹妹，跟其他女性一起在情趣旅館過夜沒關係嗎？別無他法——我很清楚。可是我開不了口。

「今天在這裡過夜吧。」

獅子乃妹妹語氣平靜地低聲說。

「我會跟姊姊說明，你不必介意。」

「……可以嗎？」

她溫柔地笑了笑。這時我才終於察覺，這是她的貼心之舉。

「大吾先生，你打算對我做什麼嗎？」

「沒、沒有！怎麼可能！」

「……我想也是。」

她頓時露出哀傷的表情。

我決定當成是錯覺。

■

我好像非常慌張。

（要跟大吾先生在同一間房間睡一晚。）

意識到這件事後，大腦變得一片空白，連自己在說什麼都搞不懂。

（沒發現暴風雨淋溼了全身，還幫他做急救措施。）

蠢死了。我怎麼那麼蠢。得讓他的身體暖和起來。我匆匆忙忙把他推進浴室，發現浴室的牆壁是透明玻璃，因而困惑不已。他說女生最好不要受寒，跟我進行了一場激烈的辯論。

他始終不肯退讓，結果我獨自在被玻璃圍住的浴缸裡洗熱水澡。

（要是他走到走廊，我會被看光光耶。）

到底哪個白痴設計這間浴室的？太沒道理了。

（得快點讓大吾先生溫暖身體。）

不然他會感冒。他幫了我那麼多，我不能忘恩負義。

「大吾先生，我洗好了。換你吧！」

「好……呃，獅子乃妹妹！妳怎麼沒穿衣服啊！」

我連頭髮都還沒擦乾，身體只裹著一條浴巾。我也不想讓他看到這麼羞恥的模樣。胸部這麼平，怪可憐的。可是現在比起羞恥心，我選擇以合理性為重。

「別問那麼多！去洗澡！」

我一臉害羞地繞到他背後，推他進浴室。真的好害羞。快死了。心臟發出跟大鼓一樣的怦通聲。

（竟然被大吾先生看到這個模樣……！）

我一面尋找有沒有旅館提供的睡衣，一面用手背幫火熱的臉頰降溫。

（……可是，大吾先生好像偷瞄了我的身體。）

例如胸部和臀部。我感覺到了瞬間的視線。有點邪念的視線。色色的視線。原來他也會用那種眼神看我。他明明總是把我當成國三的小孩子。

「……嗚喵～～～～～！」

啊——真的不行。腦袋空空的。會壞掉。怦通怦通怦通怦通怦通怦通，巨大的心跳聲停不下來。我決定先穿上旅館附的浴袍。

（內、內衣該怎麼辦呢？）

吸進雨水的內衣沉甸甸的。又溼又黏，我實在不想穿。

（可是，總不能不穿吧……！）

這樣……真的……不行……吧？要跟男性在同一間房間共度一夜，卻沒穿內衣。不知道旅館有沒有賣呢？我懷著一絲希望，打開旅館的平面圖。呃……我看看喔。

（服裝出借？原來有提供這種服務。有護理師服、兔女郎裝，還有女僕裝。）

整體上來看都是角色扮演服。為什麼會出借這種衣服啊？

（……啊，好像有賣。自動販賣機？）

走廊盡頭的自動販賣機好像有賣內衣。這是怎麼回事？好奇怪。未免太方便了。儘管我感到疑惑，仍舊穿上溼掉的衣服衝出房間。

「是這個嗎？」

我很快就找到「自動販賣機」了。是顏色偏黯淡的小型自動販賣機，跟我們平常看到的賣飲料的自動販賣機截然不同。懷舊的款式有點可愛。

（啊，有賣零食。連泡麵都有。）

指甲刀、衛生棉、絲襪。裡面放著「女用內衣」。

（「套子免費提供」是什麼意思啊？）

我好奇地窺探寫著「套子」的容器，有我剛才在二〇四號房找到的東西。那個……男性和女性……那個……做那種事的時候……戴的東西。

「嗚喵！」

沒想到連這種東西都有賣，肯定是大人的禮節，不過對我這個國三生來說太早了。我眼眶含淚急忙買好必需品，便回到房間。

「啊，獅子乃妹妹，妳突然不見，害我嚇了一跳。」

大吾先生已經洗好了，身上散發些許的熱氣。他在門口迎接我，全身上下只穿著一件浴袍……意思是，大吾先生現在——

（他是不是也沒穿內衣褲呢？浴袍底下都看得見他的胸肌了。）

「嗚喵……」

「咦？怎、怎麼了，獅子乃妹妹？怎麼一臉快要死掉的樣子在哀叫。」

我將泡麵和零食塞給他。

「這是我剛剛去買的。吃吧。」

「咦？」

「我又換上了髒衣服，所以我再去洗一次澡。」

我逃進浴室，紅著臉脫掉衣服。今天出的糗真的太糟糕，羞恥得甚至會害我失眠。快用熱水沖掉吧。

「啊！」

背後傳來聲音。

「咦？」

我跟從門口走回來的他四目相交。

「…………」

我忘得一乾二淨了。浴室的門是玻璃門，從門口回到臥室時，必然會經過浴室前面。在這個時機換衣服，絕對會發生這種事。

「～～～～～～～！」

被看見了。被看見了？被看見了！我死命用手遮住身體，大吾先生則發出無聲的哀號，滿臉通紅地逃走。

■

要是這個世界有神明存在，我應該會遭天譴。

（……糟糕，不小心看見了。）

獅子乃妹妹的身體。平坦纖柔的曲線。可是臀部偏大，很有女孩子氣息。

（不是，我怎麼記那麼清楚！）

笨蛋笨蛋笨蛋笨蛋。我是大笨蛋！儘管她偶爾確實異常成熟，就跟你說她是國中生了吧！心臟怦通狂跳，停不下來。我用遙控器切換電視頻道，好讓自己冷靜下來。

『我在附近的大學念護理——』

半裸的漂亮大姊姊出現在螢幕中，我馬上關掉電視。對喔，這可是情趣旅館的電視。好險。如果被獅子乃妹妹看到，事情就大條了……我將遙控器藏到床下。

（……對了，糟糕。）

今天我跟兔羽約好要一起吃晚餐……老實說，我不知道她記不記得，不過這個天氣實在不可能赴約。我打電話給她。響了幾聲，看來她解除封鎖了，我放下心中的大石。電話接通的聲音突然響起。

『……啊，大、大吾？』

「太好了，妳願意接電話。」

『今天早上……那個……對不起，我太慌張了。』

這個人逃如脫兔呢。

「是我太粗線條了，抱歉。」

『不是啦！那、那是誤會！』

身為少女果然會在意吧。我覺得她很可愛，不禁苦笑。

「是橡膠球對吧？我知道。」

『……啊…………………嗯。』

「妳太緊張了啦。我們是夫妻耶？」

『可是～～～！』

但我就是喜歡這樣的她。聽著兔羽的解釋，不知為何心裡暖暖的。

「還有，兔羽，對不起。今天的約會可能得取消了。」

『啊——我也是。畢竟雨下得這麼大。我完全被困在外面了。』

「咦？是這樣嗎？不要緊吧？要不要我過去接妳？」

『……沒事的。你在擔心我？』

「那還用說。」

我語氣強烈，她小聲點頭回答：『嗯。』有種心靈相通的感覺，好高興。即使是這種情況，我也決定要是兔羽呼喚我，我絕對會過去。

「還有……我有一件事……必須跟妳說。」

『哦？你講話突然變得吞吞吐吐的喔。怎麼啦？』

儘管獅子乃妹妹說她會跟兔羽講，還是該由我告訴她吧。

「我因為工作的關係現在在外面，逃進旅館躲雨。」

『啊～這樣啊。誰教雨勢突然變大嘛。』

「獅子乃妹妹也在。」

『…………………咦？』

好低的聲音。我從來沒聽過她這種聲音，瞬間嚇了一跳。

「旅館好像客滿了，我們也是迫於無奈。」

『…………………啊——』

兔羽沉默了一會兒，好像在想什麼。她忽然咕噥道：

『獅獅很重人情，沒辦法放著受傷的你一個人去工作吧？然後突然下起大雨，你們只好去旅館躲雨對吧？也就是不可抗力。』

「對對對！就只是這樣。」

『……附近剛好有旅館，跟命運一樣。』

「咦？」

我回問，她卻低聲表示：『沒事，我在自言自語。』

『嗯。知道了。獅獅麻煩你照顧嘍。是你的話，我也能放心把她交給你。』

「喔、喔喔。沒問題！」

她笑了。所以她沒生氣嗎……？我鬆了口氣。

『我今天一直待在朋友家。』

「啊，這樣啊。那我就放心了。」

『宗男，讓他聽聽你的聲音。』

「…………………咦？」

這次換成我發出低沉的聲音。

『喂……阿兔，幹嘛啦。就叫妳別用那個名字叫我了。』

『別問那麼多，讓我丈夫聽聽你的聲音。』

『咦？什麼？妳正在跟他通電話嗎？什麼狀況？』

聽筒傳來年輕男性跟兔羽的說話聲，我的大腦變得一片空白。

『掰掰，大吾，下次見。』

她留下這句話便掛斷電話。我默默握緊智慧型手機。

■

讓冷水迎頭澆下幫助大腦清醒後，我——千子獅子乃沐浴在熱水中溫暖身體。

「我復活了。」

今晚數次的失敗害我差點精神崩潰，但我勉強恢復平靜了。我們現在遇到了麻煩。我得振作一點，沒時間給我發呆。

（……為什麼跟大吾先生在一起的時候，我總是一直在幹蠢事呢？）

看到他會小鹿亂撞、臉頰發燙，還有呼吸急促。想起「那個時候」的事。我是女僕的時候。他是主人的時候。一九六〇年代的時候。

（當時，我每次看到他都會像這樣心跳加速。）

不可以去想。因為姊姊是他的妻子。姊姊雖然輕浮又自我中心，卻不是壞人。我認為她不會傷害大吾先生。大概。但願如此。

「大吾先生，讓你久等了。」

我穿好內衣後才穿上浴袍，走出浴室。不過這樣還是穿得挺少的，因此我沒有放鬆戒心，仍舊維持著戒備狀態。身為未出嫁的淑女，這是應有的戒心。

「要吃泡麵嗎？」

他呆呆看著窗外，一語不發。到底怎麼了？我正感到困惑，這時他小聲地詢問我。真的很小聲，一點都不適合他。

「獅子乃妹妹，妳認識宗男這個人嗎？是妳的親戚嗎？」

「呃——他是誰啊？」

「這樣啊。」

他別開視線。

「兔羽好像在那個人的家裡……不曉得他是誰。」

我感覺到心臟被木樁刺穿般的疼痛。

「姊姊跟你說的嗎？」

「我剛才跟她講了一下電話。」

「……」

「妳不用放在心上。再說一定有什麼原因。」

我絞盡腦汁。她跟男人待在同一間房間的原因。我們沒有叫宗男的親戚。應該也不是老師。她戒心很強，不會踏進男人的房間，除非關係非常好。

「吃飯吧。」

他若無其事地笑了笑，卻明顯是硬扯出來的笑容。我咬緊牙關，覺得有塊乾冰直接按在胸膛——我原本想相信妳。相信妳對他是真心。不只是想拿他當玩具。

（不可饒恕。）

竟然讓他露出這種表情。我的姊姊是能夠理解他人心情的人。過於敏感，害怕他人內心的人。她不可能不知道大吾先生得知妻子跟陌生男性在一起會受傷。

（姊姊是故意傷害大吾先生的。）

妳果然是這種人，姊姊。自己開心最重要。妳在玩弄大吾先生。我不討厭自由的妳，反而挺崇拜的。是真的。即使是現在，我都說得出我愛妳。可是，我真的無法容許妳再這樣玩下去。

「過來。」

——我不會再讓妳傷害這個人。

「咦？」

我抱緊驚訝的他。身體好冷。明明他不久前才洗過澡。你是真的喜歡姊姊呢。你現在肯定沒有把我放在眼裡。我明白。

「……你真的好傻。難過的時候假裝沒事，一點意義都沒有。」

「因為我相信兔羽。」

笨蛋。笨蛋笨蛋笨蛋。她之前才騙過你不是嗎？她剛剛才背叛你。你要學會懷疑別人啦。笨蛋。刺穿我心臟的木樁轉動著，我感覺到傷口被挖開一般的痛楚。好想哭。

（沒錯。這個人就是這樣。不會主動逃離她。）

因為他是誠實到過於正直，完全沒想過被人背叛的可能性，能夠相信別人的人。

「大吾先生，你真的非姊姊不可嗎？」

「咦？」

「你不覺得還有更好的對象嗎？」

我看著他的眼睛。我不會再逃避，也逃不掉了。我強烈感覺到，我不會跟之前一樣不肯正視自己的心情。不會逃避內心的痛苦。

「你的命定之人不是姊姊……而是另有其人。」

（是我——我就是你的命定之人。）

我沒有將這份心意訴諸言語，可是我懷著真心凝視他。抱緊他的頭，撫摸他的頭髮。令人懷念的香味。最喜歡的觸感。真想停留在這一刻。

——我將他推倒在床上。

# 第八話　獅子搏兔諸如此類的

「啊──噫──啊──唔──啊……」

我──千子兔羽在木頭地板上癱成一團，有種想死的心。

「妳真傻耶～」

晃著一頭褐色中長髮，擁有健康小麥色肌膚的少女對我說。她身穿超短的裙子、過大的上衣、華麗的飾品──也就是所謂的辣妹風。她說在她心中流行的，是九〇年代的時尚。

「自己的男友？跟妹妹去旅館，所以妳吃醋了？就讓他聽我原本的聲音，想讓他誤會、嫉妒。明明妳才是加害者，在自我厭惡什麼啦。」

「不要統統講出來啦……美美。」

她的名字叫做枯樹美衣──本名枯樹宗男。生理性別是男性，性別認同是女性。不是男同性戀，是跨性別者。模特兒等級的長相讓她常被搭訕，她引以為豪。她對女性不感興趣。這個人喜歡精實的肌肉男。

「誰讓妳男友受傷的？」

「是我……」

「妹妹代替妳照顧他——幫忙他的工作——在這場暴風雨中。不能怪他們。」

「可是，旅館太誇張了吧！」

美美一副事不關己的態度，笑得很開心。

「如果我男友敢這樣做，我可能會殺了他。」

「對吧——！」

不對，若是平常，我不至於氣成這樣。畢竟對象是我妹。

（然而，都是昨天作的怪夢害的。）

獅獅是大吾的命定之人，我只是配角的夢。都是因為作了那個夢，知道他們兩個在一起時，強烈的焦慮感才會油然而生。

「可是我不會利用朋友，假裝自己在其他男人家耶～」

美美基本上都用跟女生一樣高亢可愛的聲音說話，似乎練習了很久，不過剛起床的時候會不小心變回原本的聲音。她的聲音比想像中還要渾厚，會嚇人一跳。

「好陰☆險喔。」

「嗚嗚嗚——沒錯！我是嫉妒心重，既骯髒又醜陋的女人——！」

我嚎啕大哭，美美仍然愉悅地哈哈大笑。像這樣低沉失落的時候，她開朗的笑容讓我稍微得到了救贖。她可以說是我唯一的好朋友。

我實在不擅長團體行動，或者說社交活動，在學校基本上格格不入。而她這個明言自己是跨性別者的女高中生，在青春期的少年少女中也顯得格格不入，兩個邊緣人氣味相投。

「話說～阿兔，妳跟男友親過了嗎～」

「……………………親過了。」

「看來還沒。」

她一秒就看穿我在說謊。

「阿兔，妳為什麼這～麼愛逞強，又這麼膽小笨拙啊～」

我從小就愛裝腔作勢。坐遊覽車去遠足時，老師問我要不要上廁所，我死都不肯去。

「妳八成也還沒跟男友說妳喜歡他。」

「唔……」

因為我還沒講就跟他結婚了。順帶一提，我沒告訴美美我結婚了。因為她絕對會罵我。

「因、因為講了不就代表我喜歡他嗎！代表我光聽見他的聲音就會心臟狂跳，無時無刻都想被他抱緊啊！」

「有什麼關係？」

「要、要是他知道，會覺得『這女人是多愛撒嬌的小兔子啊。真的廢到不行』耶！會覺得『哈！我以後都要鄙視她』耶！」

「才不會啦～」

如果大吾用「兔羽真是喜歡我」的眼神看我，我會羞恥到融化。這不就是「輸掉」嗎？

戀愛上的敗北。俗話說「先喜歡上的人就輸了」。

「我希望只有大吾被我迷得團團轉，而我看了覺得男人真好擄獲。」

「妳嗎？不可能、不可能。因為妳是超級被虐狂。」

「什麼！我是超級虐待狂好不好！我要鞭打那群愚民！」

美美故作誇張地聳肩。

「那妳能想像妳打男朋友的畫面嗎？」

「不能。」

「那你能想像妳被打屁股的畫面嗎？」

「…………………………………………」

「就是這樣。」

才不是。我是堅強的女人。不會因為被大吾欺負而高興。不會一想像心裡就癢癢的。不會覺得比起肉體上的折磨，精神上的折磨更好。

「妳再坦率一點吧～？」

「不、不過，那就是我嘛。」

「嗯？」

「即使愛虛張聲勢、輸得一塌糊塗，還是要繼續耍帥，那就是我。即使這樣很笨、很遜……事到如今，我哪改得掉。」

美美稍微愣了下，隨即輕笑著打開點心的盒子。

「妳真的好傻。」

她一臉開心地將點心分享給我。

「不過就是因為這樣，我才會跟妳當朋友。」

「……嗯。」

我有時會想，如果我再聰明一點就好了。如果我敢跟大吾撒嬌，說我最喜歡他，跟他索吻就好了。如果我敢質問他：「跟其他女人住旅館，你是什麼意思？」用不著耍陰招利用朋友抗議就好了。

（……可是我賭上我的尊嚴，我絕對做不出這麼遜的行為。）

可是至少……至少——

（明天回去後，跟他道歉吧。）

如果是這點小事，就連愚蠢的我都做得來。

■

隔天，我回到「玉之井不動產」。我在瀟灑地翹腳坐著的社長面前，品嘗他們自製的葛餅。葛餅的口感彈牙，十分美味。

「昨天辛苦你了吧？沒出意外吧？」

天空萬里無雲，彷彿昨天的暴風雨沒發生過，是很舒服的天氣。

「嗯，還可以。發生了很多事就是了。」

我苦笑著低聲回答，社長便對我投以好奇的視線，但我決定先回報工作。

「二〇四號房的居民為何會立刻搬走，我大概明白了。」

「這麼快？你的工作效率還是一樣好耶。」

昨天跟鄰居打聽情報時，謎團就大致解開了。

「我拿到一瓶礦泉水。」

「哦？」

我將鄰居送的礦泉水放到社長面前。

「沒看過的標籤耶。」

「我也沒看過，於是我查了一下……是這個。」

我用智慧型手機展示的網站上，寫滿「超健康水——充滿礦物質的磁性0%健康飲料！經加利福尼亞社區學院認證的電漿海洋深層水！」之類的宣傳詞。

「這是……直銷嗎？」

「好像是直銷系宗教。」

我拿出從二〇四號房的垃圾袋裡找到的「碎布」拼湊成的「護身符」。上面寫著從來沒

聽過的神明，拿去搜尋，又會找到可疑的網站。

「就是在賺信徒的錢。」

「……啊──原來如此。」

社長似乎已經明白情況。

「難怪用電話問房客是不是有噪音問題或鄰居糾紛，都沒人回答。」

「除了二〇四號房，那棟公寓的居民全是同一個宗教的信徒。」

這種事很常見。新興宗教必備的要素之一，是由信徒組成的社群。也可以說是不用花錢的監視方式。安排信徒住在附近彼此監視，讓人以為這個信仰應當存在，是常見的手段。

「住進二〇四號房的人會被周圍的居民傳教，恐怕非常纏人。」

大家都住一個月就搬走，肯定死纏爛打。不曉得是不是有規定業績。我咕噥著說：「我覺得有必要再確認一遍就是了。」社長面色凝重地低聲說：「……凶宅倒還比較好處理。」

法律保障人民宗教信仰的自由，因此不動產公司和管理公司不方便介入這種問題。頂多只能貼告示請他們不要傳教，但是不知道會有多少效果。

「可是你真的好有效率，實在幫了大忙。明明可以慢慢來。」

「那怎麼行。我領的薪資本來就偏高了。」

其實我在存結婚資金，因此社長找我來打工幫了很大的忙。

「你們昨天住旅館對吧？可以給我收據嗎？」

「啊———」

我有點困擾，從錢包裡拿出收據。社長接過它，緊盯著看。

「女王皇宮旅館。」

「…………」

「我怎麼沒聽過這家詭異的旅館？」

「……那是情趣旅館。有什麼問題嗎？」

「沒有問題，我只是在想昨天獅子乃妹妹也在，可是這只有一間房間的錢。」

雖然我想了各種藉口，反正社長只是想逗我玩，我便決定據實以告。

「我們什麼都沒做。我只是幫忙照顧她。」

「你還是一樣愛自爆耶。」

「就跟你說我們什麼都沒做了吧！」

社長露出爽朗的笑容。我昨天真的什麼都沒做。不可能做。她是我的姨妹，只有國中三年級，再說我是有妻子的人。

（儘管被獅子乃妹妹推倒的時候，我確實嚇了一大跳———）

■

我——千子獅子乃，在「玉之井不動產」的會客室跟結衣喝茶。大吾先生和社長好像在事務所的會議室談工作。

我戳著面前Q彈透明的甜點低聲詢問。

「自製葛餅是怎麼回事啊？」

「用鐵鍬挖起野葛的粗根（三小時），磨碎到只剩纖維（兩小時），泡進水裡分離出澱粉再把水倒掉，如此反覆（半天以上），用做好的葛粉製作的葛餅。」

為何要花那麼多力氣自己做葛餅？

（社長是不是喜歡抓各種東西，自己做食物來吃呀？）

第一次見面的時候，他也在釣魟魚，還會用蟬泡茶。我滿懷疑惑地將葛餅送入口中，滑且冰冰涼涼的，相當美味！

「結衣，妳願意給我一點建議嗎？我決定了一件事。」

「哎呀，什麼事呢？」

我將裝葛餅的小盤子放到桌上，小聲開口說：

「——我想搶走大吾先生。」

結衣僵住了，錯愕地看著我的臉。她嚇得被黃豆粉嗆到，不停咳嗽。我遞出熱茶，她慢慢喝下之後說：

「……妳居然是這種類型。」

「我就是這種類型。」

我也覺得找小學女生商量這種事很奇怪，可是這孩子在戀愛方面的精神年齡似乎遠比我成熟。而且除了她，我沒人可以商量。我又沒朋友。

「獅子乃，意思是妳喜歡阿吾嘍？」

「……喜歡。」

要講出這句話還有點難度。比起「喜歡」，母性或保護欲之類的情緒更加強烈。我想讓那個認真溫柔的男生得到幸福。僅此而已。

「可是妳要怎麼搶走他？生米煮成熟飯嗎？」

我也考慮過這點。只要懷上他的孩子，認真的他應該會願意把我視為對象。然而這樣不行。因為他不會幸福。我想讓他幸福。想儘量不讓他傷心。

人生錯綜複雜，多少會伴隨傷痛，可是不能硬來。

「我想了各種模式。」

我在白板上寫下文字。

「①我跟少女一樣直接告白。」

「嗯。」

「A．會普通地被甩。因為他沒有把我放在眼裡，又不會傷害姊姊。我和他的關係會變得很尷尬，無法修復。結束。」

「……妳原來藏著這種本性啊？」

結衣看我的眼神有點驚恐。

「②等姊姊和他鬧翻。」

「妳是鬼吧？」

「A．附帶損害太大了。」

「附帶損害。」

※執行計畫時免不了的損害。

說實話，我認為就算放著不管，姊姊和大吾先生也沒辦法順利走下去。因為姊姊不是認真的。她八成會在未來的某一天玩膩，拋棄大吾先生。到時如果我只是「姨妹」，只能幫上一些忙。

「所以，我決定採用這個計畫。」

我寫下一行字，拍了下白板。

「③讓大吾先生在精神上依賴我，乘隙而入。」

「喂喂喂喂喂喂！」

結衣從沙發上站起來。

「妳到底多肉食系啊！」

我也有點驚訝，自己的本性竟然有這一面。然而我制定各種合理的計畫審慎思考過，結論是除此之外別無他法。

「我必須先成為他的精神支柱。經常陪在他身邊，跟親密的家人一樣，逐漸建立不分你我的信賴關係。這點對我這個姨妹而言易如反掌。」

「……我不要這種女主角。」

「要建立能讓他跟我撒嬌的關係，絕對不能透漏自己的心意。因為要是我表現出異性的那一面，會刺激他的戒心。」

「嗯、嗯。然後呢？」

「慢慢讓他變成沒有我不行的身體。」

「…………」

「剩下就簡單了吧？」

結衣冷汗直流，呼吸急促。

「這個姨妹太可怕了。」

「我只是個墜入愛河的少女。」

「這個叫做冷酷的捕食者在狩獵。」

我也不想這麼做。我想談一場宛若少女漫畫女主角的戀愛，叼著吐司在轉角處撞到他。

可是也沒辦法吧？人生沒有輕鬆到可以選擇達成目標的手段吧？大多數的人都是如此吧？

「……不過，會那麼順利嗎？」

「咦？」

她注視白板，像在自言自語似的說。

「因為人心是複雜離奇的伏魔殿不是嗎？跟『合理』兩個字成對比。會連續發生完全無法預測的事，我不認為靠理論制定的計畫行得通。」

「……確實。」

我也不覺得一切都會順利進行，我明白這是一條荊棘之路。再說這個計畫的大前提就是我要一直在最近的地方看大吾先生和姊姊曬恩愛。那該有多痛苦，現在的我無法想像。

「克勞塞維茨也在《戰爭論》裡面提過，戰場上會發生意料外的摩擦。」

「為什麼妳的發言這麼肉食系啊？」

昨天看到大吾先生悲痛的表情，我下定決心了。

那個人由我來守護。

（……這次一定要。）

思考之後——咦？「這次」是什麼意思？我「上次」做了什麼嗎？我……難以言喻的情感湧上心頭。儘管如此，想不通的事情現在就先別想了。

「妳真堅強耶，獅子乃小姐。我之前都沒發現。」

「……堅強嗎？」

我一直被他保護。這樣的我哪裡堅強了？

「獅子遠比兔子強大，可是何者數量比較多，用不著說明。太強也不一定好。」

結衣莞爾一笑，幫我在茶杯裡倒茶。情緒激動的我靠那杯茶稍微冷靜下來，放鬆身體。找這孩子商量果然是對的。

「然後，獅子乃妹妹，聽說妳昨天在外面過夜了？」

「啊，是的。昨晚……」

■

——昨晚，暴風雨持續到晚上。

「大吾先生，這裡舒服嗎？」

「……啊……那、那裡……好舒服……唔！」

獅子乃妹妹跨坐在我身上，溫柔地撫摸我的身體。

（到底為什麼會變成這樣！）

她穿著厚浴袍，可是對身材嬌小的她來說或許太大件了，不時會露出底下的肌膚。我拚命保持冷靜，沐浴在她溫柔的呼吸下。

「……妳好會按摩。」

「是嗎？我只是有樣學樣而已。」

在那之後——跟她解釋我和兔羽的通話內容，被獅子乃妹妹推倒在床上後，她溫柔地幫我按摩，安慰受傷的我。

（我腦中瞬間浮現糟糕的妄想，真的好對不起她——！）

被她壓在床上，不經意嗅到她頭髮的香氣時，心臟不受控制地劇烈跳動。她只是基於善意想要慰勞我，我到底在想什麼。真的喔。

「大吾先生，你怎麼硬硬的？」

「噫！」

她在我耳邊呢喃，害我差點彈起來。

「身體好僵硬，你太緊張了。請你放鬆一點。」

「啊，是、是這個意思啊……哈哈哈……原來如此。」

「嗯？還有其他意思嗎？」

獅子乃妹妹偶爾會露出成熟的表情，卻完全沒有這方面知識的樣子。她好像沒發現這裡是情趣旅館，保險套是什麼東西也只知道個大概。請妳繼續保持純潔，我不希望妳變成骯髒的大人……

「大吾先生，可以問你一個問題嗎？」

「什麼問題？」

獅子乃妹妹把嘴巴湊到我耳邊。她柔軟的瀏海撫過脖子。

「你愛姊姊嗎？」

該如何回答這個問題，我煩惱至極。不過獅子乃妹妹大概是真心在關心我們，我要老實回答她。

「我能夠去愛她。」

「……」

「戀愛是在孕育愛情後才結婚對吧？但我們原本就以結婚為目標，所以是先抵達終點，再孕育愛情。我認為我跟兔羽能成為一對好夫妻。」

「跟那個魔女？」

獅子乃妹妹這樣稱呼她，我忍不住笑了出來。這個綽號確實很適合兔羽。總是隱藏自我、把別人耍得團團轉，然後在遠方大笑。然而，我就是被她的這一面所吸引。

「妳很喜歡兔羽呢。」

「……最喜歡了。我愛她。因為她是我的家人。」

人類的愛是複雜離奇的伏魔殿，有各種形態。

「我和你現在姑且也算家人了。」

「嗯，對啊。等於是沒有血緣關係的兄妹。」

「……哥哥？」

「唔呃！」

被獅子乃妹妹悅耳的聲音呼喚，我想起跟並非實際存在的妹妹之間的回憶……好想和這麼可愛的妹妹在暑假喝彈珠汽水或抓蟬。

「呵呵，開玩笑的。」

沒關係，可以叫我哥哥——這句話太噁心了，我決定不要講出來。

「……剛搬到公寓的時候對你很冷淡，對不起。」

「哈哈哈。的確，妳有時挺嚴厲的。」

「當時我會怕你。」

「咦？」

獅子乃妹妹以溫柔的語氣輕聲說，彷彿在撫摸我。

「我害怕變化，很多事情都沒作好心理準備。不過我已經作好覺悟了。」

「什麼覺悟？」

「…………」

她倒抽一口氣，沉默片刻靜靜吐氣之後——

「成為你家人的覺悟。」

獅子乃妹妹貼心地幫我冰敷受傷的肩膀。那既溫柔又慈祥的觸感實在太舒服，我不知不覺墜入夢鄉。

「就這樣嗎？」

我講完昨天發生的事，社長便一臉錯愕。

「我反過來問你，萬一我說我把該做的事都做了，你要怎麼辦？」

「那我確實會思考要不要跟你繼續來往。」

社長煩惱了一下後咕噥：

「……但我說不定對這種話題沒什麼興趣。」

「喂喂喂喂喂——！」

「比起這個，之前有人告訴我釣章魚的好地方，下次一起去吧。」

「是可以啦。」

這個人還是一樣蠢。我在苦笑時，發現口袋裡的智慧型手機在震動。我祈禱著希望是兔羽打來的，低頭望向螢幕。

# 第九話　純粹在跟妻子約會放閃的故事。

我——千子兔羽獨自走在熱鬧的中華街。我不喜歡人多的地方，於是穿梭在如同牛羚群的觀光客之間，差點敵不過在每個轉角處要我試吃炒栗子的中華壓力，找到兩個人的身影。

「大吾，獅獅！」

獅獅興奮地盯著我從來沒看過，形似蠶繭的純白物體。

「姊姊，妳看。這個叫做龍鬚糖，是一種糖果。」

「唔喔～好酷。可以吃嗎？」

「入口即化，從來沒吃過這種食物。」

這孩子喜歡甜食，卻因為家裡管太嚴的關係，沒什麼機會吃到。是大吾請她吃路邊攤的嗎？妹妹孩子氣的表情並不常見，我有點被治癒到。

「啊，還有，姊姊，我昨天受到大吾先生的照顧。」

「嗯、嗯。我知道。」

「他好紳士，跟真正的哥哥一樣對我很好。」

看見她平靜的笑容，我明白那兩個人是清白的。我為胡思亂想的自己感到羞愧。這孩子

和大吾之間怎麼可能有什麼。

「那麼等等見。好好享受約會喔。」

獅獅優雅地道別，消失在中華街的人潮中。她東張西望，大概還想找東西邊走邊吃……留下有點尷尬的我們。

「……呃——」

大吾率先開口。等一下，我應該先跟他解釋才對。

「——她是我的朋友。本名叫宗男，我都叫她美美。」

我拿出智慧型手機給他看。照片中的美美穿著辣妹風服裝，擺出可愛的姿勢。

「咦？女的？」

「對。原因有點複雜，但她是女生沒錯。生理性別還是男性，但心理性別是女性。」

「……啊——我懂了。」

「我被美美罵了。她叫我不要利用她，要我跟你講清楚。」

大吾問我「利用」是什麼意思，我非常煩惱該如何回答，然後低聲說：

「誰教你……跟獅獅感情那麼好。」

「咦？」

「所以我有點悶悶的！……因為我心胸狹窄。」

大吾直盯著我，沒有敷衍了事。

「我才要跟妳道歉，害妳擔心了。可是我和獅子乃妹妹什麼都沒做。」

「……唔唔唔唔唔。」

「咦？幹嘛突然呻吟？」

「因為！」我大叫。他會懂我的心情嗎？

「我報復了你。想要傷害你。好可悲。好沒用。我自己都討厭自己了。真沒想到我是這麼心胸狹隘的人！」

「我……倒是有點高興。」

「咦咦！難道你喜歡ＮＴＲ！」

難、難度實在太高。雖說是妻子，我很難跨過這道檻耶！大吾默默露出傻眼的表情——

「……這代表妳對我執著。」

我不太討厭這種眼神——說：

「咦？」

「我根本沒料到妳會這樣想。因為我以為妳對我沒意思。」

「啊…………呃……」

「所以，我很高興。」

笨蛋笨蛋笨蛋笨蛋。大吾大笨蛋。

（快點拋棄我這種女人對你比較好。）

因為我什麼都沒為你做，只會傷害你。他卻溫柔地笑著表示他很高興，原諒了我……這個人一定就是這種個性。溫柔到不行，正直的笨蛋。這樣的你吸引了我。

「我！先跟你說！」

我用食指指著大吾，彷彿在跟他宣戰。他錯愕地看著我。這件事我一定要讓他明白。儘管超級害羞，而且好想死，我一定要講清楚。

「——我對你，非常非常執著！」

「咦！」

「非常執著。雖然完全看不出來，我的執著比一般的病嬌還要恐怖。儘管我絕對不會表現出來！」

他目瞪口呆，然後輕笑出聲。

「什麼意思啦。」

他的反應跟聽見有趣的玩笑話一樣。

「妳真～的好有趣耶～」

「幹、幹嘛啦！」

「……謝謝妳。聽妳這麼說，我好開心。」

不對。不對啊，大吾。你不該開心。你要恐懼才對。為我這麼難搞、膽小，而且性格差勁的女人感到恐懼！為何他會開心啊！

「比起這個，兔羽，今天姑且算是我們第一次約會對吧？」

「嗯、嗯。」

「那——」他稍微移開視線。

「……可以牽手嗎？」

然後直截了當地低聲說。

（唔唔唔～～～～～～～～～～～～～～～～～～嗯？）

接著這記直球正中我的好球帶。我差一點就要當場崩毀，然後呼吸過度。

（好扯。他到底多符合我的喜好啊。）

體格這麼有男人味！卻溫柔得要命。這麼可愛。

「兔、兔羽，妳沒事吧？怎麼了？」

「……只是老毛病發作而已。」

我清了下喉嚨，然後站起身。

「那麼…………………嗯。」

「嗯？」

我向他伸出手。

「走吧，兔羽。」

第一次跟男人牽手。好暖，好大，有點硬，說不出話。

——我拚命故作鎮定，在中華街的人潮中前行。

■

兔羽的手涼涼的，又小又軟。

（太用力的話，感覺會被我捏斷。）

上次握到女生的手，是跟茜（前妻）牽手的時候，不過她們兩個截然不同。茜總是會握緊十指，就像絕對不會放開。然而兔羽則幾乎只是輕輕扣住，彷彿一分心就會消失不見。

「妳餓了嗎？」

「嗯。今天還沒吃東西，餓死了。」

「可是，我記得妳會挑食吧？」

既然如此，帶她去觀光客喜歡的店吧。

「咦？嗯。我只提過幾句，虧你還記得。」

「因為妳是我的妻子嘛。」

她面無表情看了我一眼，然後別過頭小聲地說：「是這樣嗎？」

「我不喜歡巧克力。不喜歡義大利麵。會苦的食物統統不喜歡，水果則要看種類。」

「看種類？」

「我討厭有種子的水果……啊，去籽的就沒關係。」

「好像公主喔～」

她用鼻子哼了一聲。

「才不是。小時候有人教我哪種水果有毒，但我忘記是哪一些了，在那之後我就害怕吃到種子。」

「……真可愛。」

「你、你笑我。」

「才沒有！」

她的自尊心高得如同巴別塔，還看不見頂端……

「妳想吃什麼？上海菜、北京菜、廣東菜、四川菜、臺灣菜……」

「都是中華料理？對喔，這裡是中華街。我、我統統不熟。」

「妳吃辣嗎？」

「一點都碰不得！獅獅倒是挺愛吃的。」

這樣一來，中華料理的選項就刪掉不少了吧。

「我知道一家店的炒飯很好吃。梭子蟹福建炒飯是他們的招牌。」

「名字好像美食！聽起來超好吃！」

六日的時候人會很多，不過今天是星期五，應該沒問題。

「可是大吾，炒飯是重口味的料理對吧？」

「對啊。」

「原來如此。」

兔羽一語不發地陷入沉思。

「那還是算了。」

「咦？為什麼？」

「沒什麼特別的原因。」

我盯著她的眼睛。起初兔羽還有辦法裝出撲克臉，時間一久她就開始難為情，坐立不安。看她的臉頰逐漸染紅，真是可愛。

「不、不要一直盯著我！」

「在妳說出原因前，我會一直盯下去。」

這個人身為神祕主義者，心靈卻異常脆弱，被人施壓就會立刻屈服。

「……因為我第一次跟別人約會……抓不準接吻的時機。」

「咦？接吻？」

「我、我對這方面的知識，只有從外國電影學來的。第一次約會要親臉頰，第二次親嘴巴，然後……第三次，那個……就是……要做那件事。」

她滿臉通紅，不停撥弄頭髮，真是可愛。

「話說兔羽，妳是第一次跟別人約會啊？」

「啊！」

兔羽發現自己不小心透漏重要的事實，頓時絕望。

「怎樣！不行嗎！有什麼辦法！那你又是第幾次跟別人約會！」

「……我是離過一次婚的人耶。」

約會的次數多到數不清。

「是是是！你想必很～受歡迎吧。跟我這種廢物小女生約會根本小菜一碟，和扭斷嬰兒的脖子一樣簡單！」

「是嬰兒的『手』啦。手。扭斷脖子會出人命。」

「嗚嗚～～」兔羽哭著凝視我。

（意思是她不知道什麼時候會被親，所以不想吃味道重的食物嗎？）

什麼啦，太可愛了吧。好少女。

「我又不在意。」

「……要是你覺得『這女人的嘴巴麻辣味好重』，我會切腹自殺。」

好高的自尊心。我甚至對她心生敬意。可是不能吃辣，又不能吃重口味的料理，挑成這樣實在很難找。尤其這裡又是中華街，搞不好沒幾家店可以去。

「你臉上寫著『這女人真難搞』！」

「可是這也是妳的可愛之處吧……」

「喵嗚！嗚……噫……………………………笨蛋。」

她握緊我的手，聲音細不可聞。

最後我們去咖啡廳吃輕食，在中華街散步。兔羽說她不常來這一帶，所以我帶她來逛一逛。在充滿觀光客的人潮中，過於美麗的她也顯得格外引人注目，路人頻頻偷瞄她的側臉。

「那邊那兩位，請留步——！」

然而走到一半，我們被穿旗袍的金髮女性叫住。她是上海莊的其中一名房客——琳格特．曉．霍恩海姆。她還是老樣子，打扮得很奇怪，真的太好了。

「可愛的兩位情侶，要不要占卜一下呢～？現在情侶還可以打折喔！」

「幹嘛？妳在拉客嗎？我就不用了……」

讓朋友幫自己做戀愛占卜超難為情——儘管我如此心想，兔羽卻盯著占卜店的店門兩眼發光。

「啊，妳喜歡這類型的東西嗎？」

很多女生都喜歡超自然現象。

「喜歡！例如宜保愛子、御船千鶴子，以及約翰．克洛。」

「咦？那種會在ＬＩＮＥ上面看到的占卜，是神祕學的領域吧？」

宜保愛子──活躍於八〇年代的靈能者。御船千鶴子──二十世紀擁有透視能力的靈能者。至於約翰．克洛，我就不認識了。他是誰啊……

「歡迎來到令人目眩神迷的神祕學世界～☆」

結果妳的占卜也是神祕學嗎？琳格特帶領我們進入店內，我們在狹窄的占卜店中擠來擠去，坐到小桌子前面的小折疊椅上。

「那麼，兩位想占卜什麼呢？」

「未、未來會變成什麼樣子？」

「人類被ＡＩ支配，最終滅亡。」

這是哪門子的占卜。可是喜歡神祕學（？）的兔羽看起來挺開心的，這樣也不錯。結果我們跟情侶一樣，請她幫忙占卜戀愛運。

「那我要拿出塔羅牌嘍。」

「塔羅牌。」

「中華街很多人用塔羅牌。」

這樣沒問題嗎？不是看手相或易經喔？明明是中華街，卻用西方的道具。我不介意就是了。琳格特以熟練的動作拿出紙牌，兔羽興奮地看著。

「哇！結果出來了。不得了！」

「咦？咦？所以呢？我們的戀愛運如何！」

琳格特指向一張牌。

「這是『戀人』的牌！」

「萬歲！聽起來很不錯。」

「不過是逆位。」

「咦？」

「這張牌暗示的是失戀或錯誤的抉擇。」

咦？什麼意思？簡單地說就是抽到超爛的牌嗎？

「原因在於……『塔』。意思是無可奈何的運氣問題。」

總是面帶笑容的她難得板起臉來接著說：

「等、等我一下。我看看…………『惡魔』、『死神』、『太陽』的逆位、『命運之輪』……哇！在這邊抽到『星』的逆位！」

琳格特臉色蒼白，冷汗直流。

「……那——個……」

「結、結果是什麼，琳？」

「唉、唉喲，占卜這種東西還是要看當事人怎麼理解！最重要的是深愛對方的心！」

「結果這麼爛嗎！」

的確，我面前都是卡面嚇人的塔羅牌，圖案看起來比較正向的牌全是反過來的，連外行人都看得出來有多糟。

「爛到極點，反而可以說是奇蹟。機率跟麻將的四暗刻、撲克牌的皇家同花順，還有由漫畫改編成的真人版電影大成功的機率一樣低。」

大概是真的很稀奇，琳格特用智慧型手機拍下占卜結果。她將照片發到社群網站上，內文只有一句「笑死」。我要不要教訓一下這傢伙啊？

（最爛的戀愛運。算了，占卜就只是占卜吧。）

我頂多覺得經歷了有趣的事，兔羽卻面無血色。

「……『命運』。」

「咦？」

我對她的自言自語作出反應，她便微微一笑，搖頭表示：「沒事啦。」

之後我們仍然繼續約會。去橫濱大世界看視覺陷阱，走到石川町逛家具，在山下公園搭乘水上巴士看海，然後在橫濱港未來下車看電影。橫濱最不缺的就是約會景點。

天色開始變暗，我們坐上摩天輪欣賞夜景。

「…………」

兔羽面無表情地看著下方。

（做完占卜之後，她就有點沒精神呢。）

果然那個結果讓她大受打擊嗎？這麼說來，以前我跟茜（前妻）抽籤的時候也發生過這種事……

『讓我看看你抽到什麼籤？嗯……戀愛運——最好看看其他方向？』

她揚起嘴角。

『去別間神社吧☆』

然後不由分說地帶我去一公里外的神社，叫我再抽一次籤。當時我覺得她在吃醋，便笑著接受了。

（呃，我在幹嘛啊？竟然在約會時想其他女性。）

現在應該把注意力放在兔羽身上。我輕輕搖頭，驅散邪念。

「兔羽，我可以過去嗎？」

「咦？」

我們面對面坐在摩天輪中。我沒等兔羽回答，移動到她旁邊。我們的肩膀相碰，感覺得到兔羽溫暖的體溫和甜美的香氣。

「喵嗚。」

兔羽嚇了一跳，馬上瞪向我。

「……你很習慣怎麼靠近女生。」

「窩不知道尼在縮什麼。」

「你對前妻和前女友也做過這種事吧？」

呃，嗯，是沒錯。別聊這種話題才是正確答案，所以我應該要糊弄過去。她觀察我的表情，露出淘氣的笑容，接著立刻別過頭。

「大吾。」

「怎麼了？」

「假如我說我還有祕密……你還會想跟我維持婚姻關係嗎？」

「咦？」

「不只未婚夫，我還有事瞞著你。」

兔羽神情憂傷。我感覺到心臟被勒緊般疼痛，於是問她：

「例如……其實沒去登記嗎？」

「不，結婚書約我交出去了。在法律上來說，我們確實是夫妻。」

「……妳重婚？」

「我、我不是說我連男友都沒交過嗎！」

唔嗯……這樣的話，會是什麼事呢？我煩惱不已，兔羽擔心地看著我。

「我做了很沒常識的事。」

「……原來如此？」

「其他人知道，說不定會在背後對我指指點點。」

「嗯。」

「其實應該要一開始就跟你說。」

腦中浮現各種問題。看她這個反應，想必事關重大。

眼角餘光瞥見橫濱美麗的夜景，然而我眼中只有面前的少女。她的表情有如迷路的孩童，我不希望她露出那種表情便脫口而出：

「……先跟妳講我的祕密好了。」

「咦？什麼祕密？」

「我玩過樂團，還出了幾張專輯。」

兔羽驚訝得睜大眼。我拿出智慧型手機搜尋以前的藝名給她看，兔羽用YouTube聽著播放次數十二萬、八年前發表的曲子說：

「唔哇，哈哈哈，這什麼鬼？龐克搖滾風耶。」

「沒錯。超土的吧？有夠老氣。」

「這就是你的祕密嗎？」

「是啊。朋友也沒幾個人知道。」

並不是因為覺得羞恥。而是當時的我滿腦子都想著要搞音樂。

「我真的是以頂點為目標。可惜結果差強人意。」

「哦……」

「這個樂團是我大學時結成的，其中一首曲子有點名氣，還有藝人在廣播節目上提到。於是我們出了第一張專輯，甚至進過Oricon公信榜裡喔。雖然是倒數的。」

真是令人懷念的青春記憶。覺得周圍的大人都是敵人，欺騙我們這些小孩，幼稚地大吼著那種幼稚的歌曲。不過感覺到愉快也是事實。

「起初還滿受歡迎的，被譽為『擷取人心的詩人集團』。演唱會場場客滿，粉絲的反應也很熱情……所以，我不小心得意忘形了。」

「你做了什麼？」

「我從大學退學了。自以為可以靠一把吉他闖出一片天下。超白痴的對不對？」

「……哦……」

「住在老家的父母氣瘋了，甚至威脅我如果不回去念大學，就要斷絕親子關係。」

兔羽靜靜地凝視著我，不過那並非平常那種有所隱瞞的表情。她看著我的眼睛，似乎在理解我說的話。

「我想拿出成果讓他們另眼相看，卻落得這種下場。」

「你跟父母關係還是很差嗎？」

「跟茜結婚時我有邀請他們，他們來參加了。我們尷尬地講了幾句話……就這樣。」

不是電視節目中那種感人的重逢。雙方都不知道該說什麼才好，假裝若無其事。就連現在，我們也不常聯絡。

「樂團也慢慢沒人關注了。妳想嘛，畢竟藝能活動是消費社會，我不再被人需要……簡單地說，就是才能不足吧。」

就算鼓起幹勁製作ＭＶ，播放次數也連七千都不到，真的很慘。

「有段時間，我在當尼特族，或者說小白臉。大概一年左右。即使去找打工，也撐不了多久……」

「你嗎？」

「我不太適合……不適合什麼呢？應該是社會吧。可是講這種話，搞得我像被害者一樣……我自己也不太懂。就連現在，我都過得不怎麼好。」

到頭來我跑去當公寓的管理員，偶爾則是可疑的偵探，兩者都是一個人也做得來的工作。我想成為上班族的次數數都數不清，但我不管去哪間公司都會失敗，無法被人接納。

「……因為你太正直了。」

「嗯？」

「有時候會跟這個社會合不來對吧？我稍微可以理解。」

這樣啊，兔羽能理解我的心情。這令我莫名地喜悅。不過，我隱約察覺到了。她跟我一樣是不擅長「那種事」的人。

「總之，我也很誇張就是了。話先說在前頭，我還有事情瞞著妳喔。」

「咦——！還有嗎？」

「那當然。我的人生充滿羞恥……」

在泡泡浴店當服務生，被小姐黏上，最後被人拿刀捅。這個可以保密吧？人生漫長卻複雜，誰都會有十幾二十件不能跟別人說的事。

「人人都有祕密。我沒有優秀到能否認這一點。」

「……」

「說謊也沒關係。無論是哪種謊言。」

「嗯。」

「但我是妳的丈夫。不管是哪種障礙，我都想跟妳一起跨越。前提是妳也這麼希望。」

我握住她的手。又小又冰的手。兔羽也回握我的手，用另一隻手抓住我的袖子。

彷彿在尋求依靠。她不常露出這種表情，使我嚇了一跳。

「——其實我還是高中生。」

聽見這個過於驚人的發言，我不禁僵在原地。

■

「謝謝搭乘——下來時請留意腳邊～」

我和大吾在跟大學生差不多年輕的大姊姊員工的催促下走下摩天輪。腳步不穩的他絆了一下，我從旁扶住他。

「…………………」

大吾依然跟石頭一樣僵硬，我越來越擔心。

「你不要緊吧？」

「……咦？什麼東西？啊！呃，嗯，不要緊，不要緊。沒問題。」

他一邊這麼說，一邊用錢包擦拭額頭的汗水。我將手帕遞給他。

（看來他受到相當大的打擊。）

知道跟自己結婚的妻子是女高中生後，人類會露出這種表情呀。就算他對我怒吼，也不能怪他。因為我謊報年齡。是真正的詐欺。根本是犯罪耶？

「…………那個……」

處於恍神狀態的大吾轉動僵硬的脖子望向我。

「所以妳今年幾歲？」

「我？十七歲。」

十七歲。某種意義上來說，是最少女的年紀。

「十七歲竟然有辦法登記。」

「我也以為會被戶政事務所退回，沒想到這麼順利。」

只要文件沒有漏填或違法都會通過，這就是有固定作業流程的好處。大吾臉色蒼白、緊閉雙眼，咕噥了一句：「好。」

「……了解。」

「咦？」

「ＯＫ。了解。知道了。我……沒事了。」

「沒事了？」

「我嚇了一大跳，不過已經沒事了。就這樣。」

他笑了。只說了「了解」？這個人的心胸到底有多寬大啊？

「還以為你會說你不能接受跟小孩子結婚。」

「啊——對啦，我想了很多。如果對象不是妳，我會覺得跟女高中生結婚的男人是個大人渣。可是……對我而言妳不是『女高中生』。妳就是『兔羽』。」

「嗯。」

「我不是說了嗎？不管是哪種障礙，我都想跟妳一起跨越。」

啊啊。一定就是這個部分。對自己正直的部分。他心中的正確，肯定跟其他人眼中的正確不同。這部分就是他無法適應社會的理由，他想必活得很辛苦。

「話說今天是平日吧？妳怎麼天還沒黑就在外面鬼混？」

「……因為我沒去上學。」

「為什麼？遇到霸凌的話，我幫妳想辦法。」

竟然能面不改色地講出這種話，這個人果然有點奇怪。不是「跟我談談吧」，而是「我幫妳想辦法」。我苦笑著說：

「不是啦，純粹是嫌麻煩。」

「這可不行。乖乖去上課。」

「你是怎樣？一知道我是小孩子，就對我擺大人架子！」

「我收入不穩定，妻子不找個正當的工作就麻煩了。」

「……這、這是什麼歪理。」

他調皮地笑了笑，我也忍不住笑了出來。

「呃……那麼換個理由。我是制服控，所以妳去上學啦。我是那種希望能在現實世界玩制服扮演的制服控。」

「這種變態的興趣，恕我不奉陪！」

我們牽著手走在夜晚的橫濱，於七彩摩天輪底下的人潮中穿梭。我今天第一次產生「我在跟這個人約會」的想法。我一直在小鹿亂撞，不過現在是令人舒適的小鹿亂撞。

「再說為什麼要逼我上學？現在這個時代，學歷跟廢紙根本沒兩樣。」

「兔羽，妳不去上學，有什麼想做的事情嗎？」

「……沒有。」

「那還是去上學比較好。去尋找妳感興趣的事物。」

理由這樣就夠了。大吾臉上帶著溫柔的笑容，被他這樣注視，令我欣喜不已。既然他這麼說，或許可以去上學。可是好討厭喔！感覺就像逐漸變成男友形狀的女人。

「那麼，要我去上學也行，但我可以提出一個條件嗎？」

「什麼條件？」

「……我想正式跟你同居。」

「唔！」

我們的關係曖昧不明，差不多該講清楚了。我一直在害怕，連這麼簡單的事都做不到，不過聽到他這麼說，我下定決心了。

「——我真的想成為你的妻子。」

暴露真心是很恐怖的一件事，尤其是對我這種人來說。可是，如果對象是他，我就做得到。為了跟真心深愛的人在一起，什麼都做得到。

「從今以後，我想以妻子的身分正式跟你一起生活。住你現在的家也行，搬去其他地方也無所謂……只要能跟你在一起，我哪裡都會去。」

「……但我只是誤以為妳放屁，妳就逃走了耶？」

「怎樣啦——！」

是、是沒錯。我也還沒在大吾家上過廁所。不過，我有要努力的氣概。因為我是他的妻子。總有一天，我想在他面前表現得更自然。大吾若無其事地對我露出體貼的笑容。

「兔羽啊……」

「幹嘛？」

「妳好可愛。」

「揍你喔！」

這、這個笨蛋丈夫！我死命壓抑害羞的心情說出口，你竟敢笑我！儘管被我的花拳繡腿擊中，大吾依然笑得很開心，氣死我了。可是，不知為何有點幸福。我從未有過這種溫暖祥和的心情。

——所以，我開始不敢相信這麼難能可貴的邂逅，低聲詢問：

「大吾……如果我其實不是你的命定之人怎麼辦？」

他握住我的手。

「兔羽就是我的命定之人。」

但願如此。我感到一陣鼻酸，強烈地祈禱。

晚上，我們在他家一起看電影度過。

（明明是前天才第一次見面的人。）

相處起來卻異常自然，彷彿出生前就一直在一起……雖然每次肩膀和大腿被碰到時，心臟都像要炸裂一樣。雖然一直從旁傳來的他的氣味，害我心神不寧。可是感覺很自在。

「是時候準備上床睡覺了。兔羽，妳先去洗澡吧。」

「嗯，了解～那麼等等我再幫你洗。」

大吾的腳傷還沒痊癒，必須跟前天一樣幫他洗澡才行。他一個人好像連泡進浴缸都有困難——儘管我這麼想……

「不行。」

他拒絕了。我不禁微微笑出聲來。

「大吾，你在害羞對吧～我們是夫妻，用不著在意。」

「不是啦。」

「那你是想一個人悠哉地泡澡，嫌我礙事嘍？」

「也不是。」

他有點煩惱，觀察我的反應後嘆了口氣。

「我也是男人，有人對自己做那種事……會克制不住。」

大吾害羞地別過頭，移開目光。我想了數秒，終於聽懂他指的是什麼。「克制不住」是那個意思嗎？我全身發燙。

「突、突然講這個幹嘛啦！」

「妳不擅長應付這種事對吧？」

「才不會！」

「明明馬上就會逃走。」

對啦，你說得沒錯！我敢大笑著看恐怖電影的血腥畫面，卻不敢看電影的床戲，只好快轉啦！不過愛逞強的我拚命虛張聲勢。

「完全沒問題。誰、誰會怕這點小事啊。我們是夫妻耶。」

「哈哈哈，妳絕～對不行啦。妳連接吻都會怕得不敢親，對不對？」

「……………………哪有。」

他稍微笑了笑，牽起我的手。我感覺到汗水從全身噴出。

「那來試試看吧？」

大吾摟住我的腰溫柔地撫摸。我的心臟像急槌打鼓似的警鈴大作，不是小鹿亂撞可以形容的程度，然後身體就像結凍一樣動彈不得。他的臉慢慢靠近。接吻？真的要做嗎？那個公主會做的行為？真的嗎？

「唔！」

我緊閉雙眼。

「…………………」

可是，不管我等多久，嘴唇都沒被碰到。我睜開眼睛一看，便發現他在笑。

「兔羽，妳未免太害怕了。妳都快哭出來了。」

「……～～～唔！」

我懂他在幹嘛了。我不停拍打大吾的肩膀。

「笨蛋笨蛋。你這個笨蛋！」

「對不起啦。哈哈哈。但妳現在知道了吧？」

我的心臟至今仍在狂跳，體溫降不下去。

「兔羽，我不想嚇到妳。我們慢慢來吧？好嗎？」

「………嗯。」

語畢，大吾便去準備洗澡了。我獨自留在房間，將手放到持續高聲作響的胸口。身體好燙，宛如被煮熟了。

（要是……他真的親下去……）

——我會不會死掉呀？死於心跳過快。死於心臟燃燒殆盡。老實說我好怕。他沒有親我，我鬆了口氣。不過——

（……可以被他親的話，要我死掉也沒關係吧。）

■

兔羽走出浴室時，穿著可愛的睡衣。

「好可愛。」

兔羽吐出舌頭。我誇她可愛，她似乎會難為情。害羞的她超可愛的，所以我打算一直說下去。

「關燈嘍。」

看到兔羽鑽進被窩，我關掉房間的電燈，唯有朦朧的月光照亮屋內。我躺到床上，感覺到她緊張得身體僵硬。

（她嚇成這樣，絕對不能對她出手……）

畢竟明顯感覺得到女性對男性的戒心，我不想讓她害怕。再說她還只是高中生，我怎麼能碰她呢？這個問題應該要等兔羽想做那種事的時候，我們再一起討論。

（……我的自制力實～在太驚人了。）

兔羽是個美女，對我有好感，還擁有大人都自嘆不如的好身材。要跟這麼可愛的女生共度一日兼同床共枕，虧我忍得住……我真努力。聽說夫妻生活處處都是阻礙，想不到會在這種地方出問題。

「大吾。」

「什麼事？」

「你為什麼要面向那邊？」

我背對著兔羽。本以為她也背對著我，看來並不是。我轉過身去，她的瀏海碰到臉頰。我下意識屏住氣息。

「你怎麼了？」

「……沒事。」

她才剛洗好澡，身上散發出恰到好處的濃郁香氣。從寬鬆的睡衣間隱約能窺見她的肌膚。兔羽用撒嬌的眼神緊盯著我的臉。

「你給今天的約會打幾分？」

「……咦？」

「在你心中，今天的約會幾分？」

我的妻子又開啟麻煩的話題了。

「當然是一百分。光跟妳在一起就很開心。」

為什麼要問這種問題？她會罵「不要講這種奉承話！」或問我「跟前妻的約會比起來，哪個開心？」嗎？以她的個性滿有可能的。不過她只是扭扭捏捏地觀察我的臉色。

「我、我啊……」

「嗯。」

「……不是一百分。」

她聲音微弱。看見我一臉擔憂，兔羽馬上慌張地解釋：

「約會很開心。非常開心。那個……你一直為我著想，對我很溫柔，我覺得未來大概也會被你捧在手掌心。你很紳士……反而是我連自己說過什麼話都不記得。我怕你不開心，覺得這點很恐怖。」

「我超～開心的。妳怎麼看都看不膩。」

「什、什麼意思啦……」

兔羽微微嘛嘴鬧起彆扭。這一面也挺可愛的，我拚命壓抑湧上心頭的奇怪衝動。是真的可愛，沒在開玩笑。

「所以，我們的第一次約會很好……但不是一百分。」

「嗯。」

「你記得我一開始說了什麼嗎？」

不記得。我用眼神詢問，她緊張得目光游移。

「我、我不是說我看外國電影學到了嗎？」

「啊！」

「……第一次約會要親臉頰，第二次親嘴巴，第三次約會要……那個……呃……啊嗚。

總之……今天是我們第一次約會。」

看到她面紅耳赤、汗如雨下，我明白她想表達什麼了。我有點緊張，判斷直接講出來未免太沒情趣，便探出身子湊近她。

「噫啊啊啊啊！不是，不是不是不是！離我遠點……好近，太近了！」

「……抱歉，我以為妳是那個意思。」

「不、不是啦！不對，是那個意思。是那個意思沒錯。可是不是啦！」

僅僅是快要親到臉頰，她就眼眶含淚不敢看我。這麼容易害羞的女生，在這個時代可是稀有動物。

「不是由你主動……讓我來，可以嗎？」

「咦？」

「我覺得這樣我就有辦法鼓起勇氣。」

每次兔羽被我嚇到，或者逃走的時候，我都會瞬間擔心她是不是討厭我，但我很快就發現，其實她在跟我坦誠相對。所以，這段奇怪的夫妻生活或許沒什麼好擔心的。我認為能跟她好好相處的原因就在此。

「嗯，知道了。可以喔。我會很期待地等著妳。」

「啊嗚……你、你這樣講會害我緊張啦！」

我的妻子心靈真的好脆弱。

「大吾，你閉上眼睛。」

我接受她的要求。剛開始雖然很緊張，由於她讓我等太久的關係，緊張感逐漸消散。她的氣味和體溫令我感到放心，睡意不知不覺慢慢占據大腦。

「……終於睡著了，現在是好機會。」

柔軟的嘴脣碰到臉頰。她的嘴角微微上揚。

「啾。啾……啾～～？喜歡……最喜歡你了。大吾……啾？」

她頻頻親吻我的臉頰。死都不肯親嘴巴這一點，很符合她的個性。接著，她不再只有親臉頰，開始跟小狗撒嬌一樣舔來舔去。

「舔……舔……大吾……？喵嗚？喜歡……？」

軟綿綿的聲音。兔羽還會發出這種聲音啊。

「……如果你一直在睡覺，我就能變坦率了。」

我的妻子到底多固執，自尊心多高啊？她平常也這麼撒嬌的話，我不僅不會介意，還會超級高興。我抑制不住喜悅之情，不小心輕笑出聲。

「咦？」

啊，糟糕。慘了。

「大吾，難道你……還醒著？」

「…………………噗唔唔！沒有，不是啦！抱歉！那個！」

「～～～～～～～～～～～！」

——兔羽滿臉通紅，瘋狂捶打我的胸口。

（啊啊，好幸福。真希望這段時間能永遠持續下去。）

（咦？之前好像也發生過這種事耶？）

我回想起來。很久以前也有過類似的經歷。感覺到愛。感覺到幸福。強烈期盼這樣的日常生活能永遠持續下去。雖然「她」沒有兔羽這麼害羞。

（我對她發了什麼誓來著？）

昏昏沉沉的腦袋感覺到難以抵抗的重力。過於巨大的重力使我連目光都移不開。我作了夢。難以形容的美夢。無法逃避。

——鐘聲響起。

# 第十話　獅子與藍色隕石的敘事曲〈後篇〉

「主人，早安……啾。」

溫柔的聲音。心愛之人的聲音。臉頰感覺到柔軟的觸感。我睜開眼睛。

「呼啊～早安，獅子乃小姐。」

我一坐起身子，便發現高挑的女性穿著輕飄飄的女僕裝站在房間角落，目光冰冷。她的名字叫做——千子獅子乃，是半年前開始服侍我的女僕。

「早安，主人。」

三個月前，奶奶將身體徹底轉移到網路上後，家裡就只剩下我們兩個。起初我因為要跟這麼漂亮的人一起生活嚇得要命，現在已經習慣了。

（咦？剛才好像有什麼東西碰到我的臉頰。）

是錯覺嗎？獅子乃小姐站得那麼遠，照理說碰不到我。不過我真的感覺到有柔軟的物體碰到臉頰。

「我明明跟您說過九點要吃早餐，您又睡過頭了。」

「其實我八點就醒了，在等妳叫我起床。」

「……哦？」

獅子乃小姐冷冷地看著我咕噥著說：

「所以您醒著嗎？剛才，那個，我進房間的時候。」

「啊，不是……我有睡回籠覺，所以睡著了。」

「這樣啊。」

（為什麼要問這個問題呢？）

——半年前，我救了被蟲人追捕的獅子乃小姐。之後我將她帶回家治療傷勢，奶奶得知她在找工作，便僱用了她。

「獅子乃小姐，妳今天也好美。」

我——愛上了她。

「您還沒睡醒是吧？」

我每天都在追求她，她總是用冷淡的視線無視，我們持續過著這樣的生活。現在是一九六二年的秋天，我當然知道這種幸福的日常不可能一直持續下去。

——因為再一年左右，地球就會滅亡。

人類在這裡——橫濱市能夠生存的區域，只剩下橫濱港未來的地標大廈。得知世界即將滅亡，地球陷入一團混亂，情況往比想像中嚴重數倍的方向惡化。原因基本上在於保全公司的抗爭激化。

掌握橫濱的組織「沛達格古（老師們）」、「S．G．H（Servants of Great Hydra）」和「中庸騎士團」的鬥爭越演越烈——汙染了橫濱的街道。

只由AI組成的「老師們」四處散播存在論病毒，將許多物質改造成不存在的概念。「S．G．H」為了與之對抗，把奇美拉殭屍放到街上，將敵我雙方剝皮剔骨。如今保護地標大廈的，是少數的「中庸騎士團」。他們信仰最為普遍的價值觀，即存在的連續性。也就是——生存。

「獅子乃小姐，妳最好徹底轉移到網路上。」

我在地標大廈的小房間中看著橫濱的街道。

「這裡不曉得什麼時候會崩壞。現實世界太危險了。」

許多人類和AI已經放棄肉體，活在網路世界裡。地球崩壞後，應該也能繼續在半永久性地於宇宙中奔馳的「銀河列車」內持續生活。我提議過好幾次，獅子乃小姐卻跟平常一樣拒絕。

「不可以。婆婆給了我那麼多薪水。」

「我一個人沒問題啦。」

「呵呵，小孩子說什麼大話。您一個人甚至連起床都有困難。」

獅子乃小姐還留在現實世界裡，是因為我的關係。先天體質導致我無法在網路空間形成意識，數據化的神經沒辦法跟思緒連接在一起，好像是一千萬人才會出現一個的罕見體質。

「獅子乃小姐……我喜歡妳。」

「這樣啊。」

「所以，我希望妳平安無事。」

她冷冷望向我，一副不以為意的樣子。可是我很久以前就知道，她不是真的不在乎。

「主人，我不是為了你才留下。因為人生充滿挫折又不是一天兩天的事。儘管如此，我從未想過要逃到網路世界。」

「那是……為了什麼？」

「我想活著。早上吃麵包，晚上喝一杯威士忌，這樣就夠了。如果死期到來，去死就行了。拚命求生，然後死去，那就是我的驕傲。」

獅子乃小姐露出平靜的微笑。這番話聽起來像在拒絕人，然而我知道，其中也蘊含她的真心。我們一如往常在公寓的其中一間房間吃早餐。她很會用調合機——用食丸調合食材的烹飪機器——經常做故鄉的料理給我吃。

『早灣——♪』

突然穿過天花板出現的，是穿護理師服的俏皮人魚——Sena。她笑著搶走我在吃的越南煎餅。

『哇——！這東西超好吃！獅子乃，妳的廚藝變好了耶——！』

獅子乃小姐扔出手中的叉子，將Sena的臉刺成蜂窩。

『呀——！不要破壞我的紋理啦！』

「跟妳講過好幾次，不要打擾我們吃早餐了吧？不遵守禮節的人就要趕出去。」

『……別因為我妨礙你們兩人獨處，就惱羞成怒嘛。』

全身投影發出細微的滋滋聲，恢復原狀。

「早安，Sena。」

『哎喲～大吾，你今天也好可愛喔～？別管那個冷冰冰的老女僕，要不要來當護理師姊姊的弟弟？』

「Se、Sena……好近，妳靠太近了……」

Sena把臉湊到我感覺得到她呼吸的距離，搔弄我的耳朵。她的臉立刻被獅子乃小姐扔出的叉子貫穿。那把叉子甚至擦過我的臉頰。

「呀！獅子乃小姐，這樣很危險！」

「十分抱歉，但我認為一早看到AI的胸部就露出好色的表情同樣違反禮節。」

「我、我沒有。」

「……原來只要是女性，您誰～都可以啊。」

獅子乃小姐瞇眼看著我。罪魁禍首Sena則奸笑著大嚼越南煎餅。

『對了，獅子乃，食丸已經完全沒了喔。』

「這樣啊。」

獅子乃小姐神情鎮定，但這個問題非常嚴重。已經將據點遷移到網路世界的人權保護團體，應該要再等兩個星期才會送物資來。

「我去找。聽說川崎站的傳送門還在運作。」

「那可不行。」

她用銳利如猛禽的視線瞪向我。歷久不衰的魄力令我心臟凍結。

「我來想辦法。」

「妳要怎麼想辦法……」

獅子乃小姐就像要讓我放心一般微微一笑。

■

吃完早餐，我回到自己的房間更衣。

（主人今天也吃得津津有味。）

剛開始我得花一段時間才能穿好輕飄飄的女僕裝，現在則澈底習慣了。明明以前沒辦法早起；明明從來沒下過廚；明明除了穿孔槍的用法，沒有比得過別人的地方。他卻樂於被我照顧。

（……我可以這麼幸福嗎？）

我的人生無聊又平凡。從有記憶的時候開始，就是在泥巴裡打滾，靠吃廚餘或動物的屍體維生。一發現自己的才能便將它發揮到極致，哪裡有賺錢的機會就去哪裡，做了數不清的壞事。

因為那對我來說已經是日常生活，分不清好壞。

（那孩子卻願意對我展露笑容。）

只屬於我的小主人溫柔且正直，總是很可愛。每當他呼喚我的名字，空虛的內心就會被填滿。每當他深情地注視我，我就覺得自己會當場融化。令人心痛欲裂的情緒，不受控制脫口而出。

「主人……我愛您……」

『咦？獅子乃小姐說她愛我？』

「嗚喵！」

聽見主人的聲音，我回頭一看，Ｓｅｎａ帶著不懷好意的笑容。

『開玩笑的啦。』

我操作奈米晶片，著手將她解除安裝。

『呀——！不是啦、不是啦！開個玩笑嘛～！』

「跟妳對話的時候都會頭痛，為何我要跟這種東西相處。」

『講這種話～我們是好朋友耶～』

Sena輕戳我的肩膀。身為全身投影，卻連觸覺都有辦法重現，真是太囂張了。

『妳真傻耶。幹嘛不回應他的心意，說妳也最喜歡他呢！』

「……」

我瞪向Sena，她笑咪咪的，泰然自若。

「沒關係，維持現狀就好。這樣才對。」

我沒有資格回應他的心意。而且，這樣比較好。

「因為世界快要滅亡了，萬物都會消失不見。」

『嗯。』

「遲早會消失，卻答應要跟自己在一起，沒有比這更殘酷的事了。」

『一副不是為了自己的態度很難看喔。妳只是會怕吧？』

Sena笑了笑，我也忍不住笑出來。因為我知道，原因在於我太過弱小。我害怕失去什麼。我換上穿舊的衣服，接著邁出步伐。

地標大廈的上層是空氣力學車的停車場。我坐上格外破爛的其中一輛車，用生體認證發動引擎。

「等一下！」

「咦？」

空氣力學車開出去的前一刻，一股重量壓在背上。他抱緊我的腰部，我們駛向橫濱的天空——與崩壞的世界不相襯的蔚藍天空。

「主人！您在做什麼！」

「不能讓女生獨自外出！」

這個人在說什麼啊？「女生」？明明比我小。明明只是個小孩。明明連比腕力都贏不了我。明明早上沒辦法自己起床。

「就算妳現在調頭放我下來，我也一定會跟上去。」

「……唉。」

這個人性格倔強，一旦下定決心就不會聽勸，罵他也沒用。我作好覺悟。必須保護這個人才行。至少在這個世界滅亡前。

「絕對不可以離開我喔。」

「嗯、嗯。謝謝妳！」

——而且，說不開心是騙人的。

說單獨行動也不害怕，同樣是騙人的。

你的體溫從身後傳來，溫暖我冰冷的身體。無論何時都是如此。

我使勁踩下空氣力學車的油門，接著穿過雲間。

「唔！」

感覺得到主人在背後倒抽一口氣，大概是因為這個高度可以清楚俯瞰橫濱。橫濱站被巨大的立方形複合體淹沒。時間扭曲，光線歪斜。那些立方體中，一秒被壓縮成十萬年左右的時間。留在車站的人真可憐。

伊勢佐木長者町被形似小螞蟻的某種物體堵住道路，像肉丸子一樣。我仔細觀察。那些東西是聚在一起的人類。頭下腳上的人類互相啃食、掙扎。

東京灣突然隆起。從海底浮上的，是高度四百公尺的罐裝蝸牛。伴隨時空扭曲的現象出現的那個東西，會隨機將有智慧的生物關進瓶子。瓶中立刻裝滿ＡＩ、人類和人工牛，被蝸牛柔軟的肉融化。

「……真沒想到世界的終結會如此慘不忍睹。」

主人看著下方喃喃自語。

「唔！」

安裝在我腦內的奈米晶片滋滋作響。

「主人！我們被盯上了，絕對不要放開我喔！」

我粗魯地轉動空氣力學車的把手，以不規則的軌道行駛，如同於空中翱翔的蜻蜓。某種物體隨著「呼！呼！呼！」的呼嘯聲擦過我們背後。

「獅子乃小姐！上面！」

黑影遮蔽陽光，罩住我們的機體。我仰望上方，映入眼簾的是全裸巨大的老婆婆。她鬆弛的皮膚隨風飄蕩，瞪大眼睛看著我們。

全長約三十公尺左右吧？推測是「S・G・H」製造的其中一柱人工惡魔。

「主人，請您幫我駕駛！」

我將把手交接給他，啟動穿孔槍。

（無論如何都一定要保護主人——）

我的內心只有這個念頭，其他事情都無關緊要。

我們將空氣力學車停在橫濱中華街的狹長型漆黑建築物前面。

「呼。」

短短五分鐘的車程就遇到這麼多事，想抵達川崎站肯定不可能。網路上的情報顯示，關東大部分的都市都已經崩壞了。

「中華街……真安靜呢。」

主人環視周遭。街上沒有半棟倒塌的建築物，老實說很和平。

（看來「他們」處理得不錯。）

八成是拉攏了「警衛公司」。我們走進屋內，穿西裝的小鱷魚前來詢問用意。我告訴牠我的名字，牠便允許我進入內部。

「主人請在這邊等我。Ｓｅｎａ，有異狀的話馬上通知我。」

『ＯＫ～那麼大吾，跟姊姊一起卿卿我我吧？』

（我看真的該把這傢伙移除了。）

在鱷魚的帶領下，我來到這棟建築物的上層。安靜得令人毛骨悚然的走廊上，漆黑色的門扉打了開來，一名女性戴著色彩鮮豔的骷髏面具笑著注視我。

『妳好，獅子乃小姐。好久不見。』

一如既往的合成音。沙啞的少女聲，如同老舊收音機裡傳出的聲音。

「妳好，莎辛。好久不見。」

名為莎辛──在印度的古代語言中有「月亮」之意──的她，是「無限隧道教會」這個宗教的巫女，將我叫到日本的委託人。

「我手邊的食材用完了，我想說妳應該有辦法弄到。」

『我請人從地下街拿過來。妳現在住在地標大廈是嗎？』

「是的。如果其他人的份也能順便給我就太好了。」

她面不改色地點頭。實際上，的確不是多大的問題。

（約九十年前誕生，由末日準備者成立的宗教——那就是「無限隧道教會」。）

末日準備者是指相信世界終將滅亡，事先為此做好準備的人。他們一直被人嘲笑有被害妄想，可是地球真的要毀滅的時候，沒有比這更可靠的團體。

『那麼，獅子乃小姐，我們的「丈夫」過得還好嗎？』

「……嗯。他人在樓下。」

我低聲說完，莎辛沉默了幾秒。儘管骷髏面具使我看不出她的表情，推測是憤怒的情緒使然。雖然不是不能理解她的心情。

『在這麼危險的狀況下，把他獨自留在外頭？』

「不用擔心，我會看著。」

『我相信妳。畢竟妳是肉身世界僅存的A級人物。』

嘴巴上說相信我，語氣卻聽得出來對我的不信任。這也沒辦法。換成是我也會有同樣的心情。

『御堂大吾先生是應該乘上「摩奴之船」的人，妳必須盡可能保護他的人身安全。』

「我知道。」

摩奴之船——印度神話版的「諾亞方舟」。名為摩奴的男子讓七位賢者和所有植物的種子乘上大船，躲過淹沒地球上所有生物的大洪水神話。

（我的任務是保護御堂大吾，以及——在世界毀滅時，將他交出去。）

相應的報酬已經收到了。起初跟他的相遇是巧合沒錯，不過在他身邊工作是任務所需。

「可是，為何是大吾少爺呢？」

『他是應該留下人類種子——要成為「丈夫」的人。』

「類似亞當和夏娃嗎？所以夏娃是妳嘍？」

『……如果是我，該有多好啊。』

莎辛緊盯著我的臉。

『在世界滅亡時帶他到摩奴之船。只有這點，萬事拜託嘍。』

「妳自己來不是比較好嗎？」

『要他在人生的最後一刻坐上可疑異教的船？他肯定會抵抗。我不想傷害他。』

說得也是。幸好她的自我認知還算正常。為了達成任務，我必須接近御堂大吾，得到他的信任……起初只是這樣而已。

■

夜晚，世界被黑暗吞沒。橫濱市的發電設施似乎已經故障，避難所的氫電池雖然能產生最低限度的電力，卻需要省電。我們蓋著毛毯，將用不到的布料和紙張放進大鐵罐裡面燒，柔和的火光令人心曠神怡。

「世界滅亡的最後一天要做什麼，小時候妳是怎麼想的？」

「類似『想帶什麼到無人島』嗎？」

「對對對。」

「想吃很多零食。」

「零食？」

「嗯，對。超市不是有賣嗎？我沒什麼錢，既然是最後一天，世界都要毀滅了，用偷的也不會被罵吧？」

「真是暴徒的想法。」

「現在回想起來確實如此。」獅子乃小姐笑了笑。她的笑容宛如初春的白雪。美麗歸美麗，卻會在移開目光的瞬間消失。說不定它的美就源自於此。

「您呢？」

「我想跟家人在一起。」

數年前，我的父母過世了。在這個時代，想在肉身世界生存並不簡單。沒什麼稀奇的。獅子乃小姐凝視我的臉，溫柔地撫摸我的額頭。

「幹、幹嘛突然摸我？別把我當小孩子。」

「您在說什麼呀？瞧您這麼小。」

「如果妳指的是身高，我跟妳差不多。」

她發出頗有大姊姊氣質的輕笑聲。雖說無法跟家人在一起，有這個人在身邊也不錯。

「會回嘴這一點就很幼稚。」

「……我認為我們差不多。包括年齡。」

「哎呀，我可是九十二歲的老奶奶喔。」

那是包含冷凍睡眠的時間。假如單純計算清醒的年數，她應該只跟我差八歲。好吧，八歲還挺多的。

「妳為什麼要冷凍睡眠呢？身邊沒有家人或朋友嗎？」

「有呀。可是我很冷血，對他們不太有感情。」

她經常說自己冷血來貶低自己，但我實在不這麼認為。儘管透過肌膚傳來的體溫確實偏低，和她一起裹著的毛毯卻很溫暖。

「……我想要錢。一直很想要。別看我這樣，我以前賺滿多錢的喔。過得上還算舒適的生活後，依舊在拚命賺取更多的金錢。」

「妳有什麼想要的東西嗎？」

獅子乃小姐盯著火焰輕聲說：

「小時候我看過一部電影。當時看老電影比買一片吐司還便宜，所以我會靠有趣的電影分散飢餓感。」

「…………」

「美麗的公主說：『每個人都有命定之人，我在等待我的王子殿下。』一面跟小鳥唱歌，一面晃著輕飄飄的禮服。」

她閉上冰冷的雙眸，細長的睫毛微微顫動。

「所以我很努力。拚了命地努力。即使四肢骨折，即使大部分的內臟都被換成粗劣的廉價品，仍然沒有停止工作，沒良心的事也做過。要是你知道，一定會鄙視我，再也不肯看我。儘管如此，我還是選擇工作。因為——」

柔和的火光照亮她純白的頭髮。

「遇到命定之人的時候萬一沒有禮服可以穿，我會很困擾。我不想被對方覺得，自己很可憐。」

講完這段話，我一瞬間覺得她像個年幼的少女。好想摟住她的頭撫摸，誇獎她很努力，可是她八成會大發雷霆，永遠不跟我說話。因此，我將頭靠到她跟我依偎在一起的肩膀上。

「……我就不行嗎？那個……當妳的命定之人……之類的。」

「不行。」

「唔！」

明明她對我的好感這麼明顯。明明她馬上就會對我露出溫柔的微笑。明明她願意跟我靠在一起，像在依賴我似的十指交扣。

「因為我是個叛徒。我可是想把你賣掉喔。」

我早就知道了。因為妳常跟奇怪的人討論我聽不懂的話題，之後必定會用哀傷的眼神看我。詳情我當然不得而知。我明白妳想利用我。我沒有幼稚到會以為妳無緣無故就願意陪在我身邊。

「那樣也沒關係。我喜歡妳。喜歡妳。獅子乃小姐，請妳跟我結婚。」

「呵呵，你真的好幼稚。結婚要等交往過後再說。」

「世界都要滅亡了，哪還有時間交往。」

獅子乃小姐就像在調侃我般，笑著凝視我的臉。

「——主人，您想娶我為妻嗎？」

她語氣平靜。眼睛美麗得如同紅寶石。她在笑，在調侃我，聲音卻在顫抖，眼神卻在動搖。我差點手腳大亂，可是這樣不行。

「是的，我想娶您為妻。」

「呵呵，為什麼要用敬語？」

她從容不迫地笑著，但我發現她的手指力道加重了。她嗅著靠在肩上的我的頭髮味道，用臉頰磨蹭。

「那麼，請您對我求愛。」

「咦？」

「這是從古至今，想追到女性最為中庸的手段。」

她的臉頰微微泛紅，實在太可愛，我絞盡腦汁思考求愛的話語。

「妳超可愛的。」

「——這叫求愛嗎？」

「妳很溫柔。雖然平常很冷淡就是了。」

「——欸，這句話有點在中傷我。」

「胸部…………………纖細美麗。」

「——看來您想吃我的拳頭。」

「跟妳在一起，會非常安心。」

「——那個……我也是。」

「我超喜歡妳做家事時哼的歌。」

「——我只是個音痴。半點音樂素養都沒有。」

「輕飄飄的荷葉邊很適合妳。」

「——您喜歡女僕對吧？」

「我喜歡妳身上甜美的氣味。會讓人暈暈的。」

「——不、不要聞我的味道。」

「妳的頭髮好柔順，我可以看一輩子。」

「——……難怪我有時候感覺得到你的視線。」

「我喜歡妳堅定的意志，非常帥氣。」

「——我只是頑固，不知變通。」

「妳露出想哭的表情時，我會想抱緊妳。」

「——我是大人，才不會哭。」

「對我太溫柔了，這樣要我怎麼不愛上妳。」

「——男生一下就會誤會。」

「話說妳絕對喜歡我吧？」

「——是是是。好可悲的誤會。」

「明明妳死都不放開跟我牽在一起的手。」

「——純粹是因為我怕冷，手指很冰而已。」

「我知道妳叫我起床的時候，偶爾會親我。」

「──我、我沒做過那種事。」

「妳為什麼……這麼美呢？」

「──閉嘴。別用那種眼光看我。」

「我喜歡妳。請跟我交往。」

「──這已經不叫求愛了。」

「喜歡。喜歡。喜歡。喜歡。我喜歡妳。」

「──……………………………」

我碰觸她的身體，溫柔地扶住她的肩膀，推了她一下。她沒有抵抗，默默躺在地上，帶著泫然欲泣的表情別過頭，臉紅得跟蘋果一樣。

「……喜歡又怎麼樣？」

「咦？」

「喜歡又怎樣？愛又怎樣？統統都要消失殆盡了。」

她哭了。跟小女生一樣眼眶泛淚，然後看著我。

「我、我能接受自己的死亡。這點小事我一點都不怕。」

獅子乃小姐把手放在我的胸膛，接著用力推回去。

「不過我無法接受最愛的人死去。我死都不要跟心愛之人分開。我希望他不要留在我身邊，待在遙遠的地方，不要靠近我。不要看我……不要碰我。」

啊啊，真希望我更強一點。真希望我是拯救地球的超級英雄。這樣就能抱緊這個人，告訴她我會一輩子守護她。可惜我這個小嘍囉能做到的，只有撫摸淚流不止的她的臉頰，這種誰都做得到的事。

「我也不想跟妳分開。所以最後一刻，我想在最近的地方跟妳在一起。」

我握緊她的手，以免再度跟她分離，好讓我們能夠繼續在一起。

（……咦？為什麼我會說「再度」？）

混入腦中的想法害我愣了愣，不過現在最重要的，是要追到這個人。

「獅子乃小姐，我喜歡妳。世界滅亡的時候，請妳跟我一起度過。」

她盯著我的眼睛，明顯驚慌失措、手腳大亂，真是可愛到不行。

「我、我做不到！」

「還不屈服啊？為什麼？」

「因為……我有工作要做。」

「工作。」

「世界滅亡的時候，我要把你送上方舟。不對，是叫做摩奴之船嗎？我也不知道。那就是我的工作。我不能坐上那艘船。」

我忍不住稍微笑了笑。「工作」。簡單地說，僅僅是「先跟人講好了」。為什麼她這麼守規矩，腦袋這麼僵硬呢？雖然我就是喜歡她這一點。

「工作和我，哪個比較重要？」

我試著提出經常聽見的奸詐問題。不問得這麼直接，獅子乃小姐聽不懂。她明顯緊張起來，一臉想哭的樣子以手掩面。

「……主人……比較重要。」

「唔！」

太好了。終於被我攻陷了嗎！我才剛這麼想，她立刻接著說：

「可是您應該要坐上摩奴之船。因為這樣搞不好有機會活下來。」

啊啊，這才是真正的原因啊。溫柔又笨拙的她，令人愛憐不已。我決定提出一直放在心上，卻因為覺得她會排斥，說不出口的意見。

「一起坐上銀河列車吧。」

「那個東西！是給徹底轉移到網路世界的ＡＩ和人類用的……只能用來爭取時間。」

「可是總比待在毀滅的地球來得好。聽說那邊也有居住區域。」

「……不僅如此，一輩子被關在鋼鐵製的汽車裡面，到底有什麼意義？」

「可以跟妳在一起久一點。」

「不要……講這麼幼稚的話……」

妳明明一天到晚笑我幼稚，太狡猾了吧。獅子乃小姐不怎麼重視自己，大概是連要堅強求生的念頭都不會產生的人。所以，她八成對銀河列車毫無興趣。純粹活著，然後等待死亡，就是她的信念。

「——跟我一起活下去吧。真的沒辦法的時候再去死就行了。」

她依然神情憂傷，思考片刻後輕笑出聲。

「什麼啦。」

我也覺得自己在講歪理。有什麼辦法呢？活得開心，死得開心。最後只會懷著無聊的後悔，一同沉睡在墳墓底下。在那之前，我只想握緊心愛之人的手，相信自己不是一個人，陷入長眠。

「我喜歡妳，獅子乃小姐。」

「…………嗯。」

「不要『嗯』……我想聽見妳的答覆。」

「嗚喵。」

我握住身材高挑的她柔軟的手心，將她壓在地上，柔順的頭髮如同純白的花瓣散開。她在鼻尖能與我相碰的距離，用微弱的聲音呢喃：

「——我也喜歡您，主人。我愛您。我的一切都將奉獻給您。」

我感覺到心臟用力跳了下。獅子乃小姐露出少女的笑容凝視我的眼睛。我們都知道等等會發生什麼事。額頭相碰，她的呼吸吹在嘴脣上，甜美的香氣害我的大腦差點當機。

我將嘴脣湊近她的脣——

『叮咚叮咚——不好意思，在氣氛這麼好的時候打擾兩位。插播一則最新消息。』

地面震動，強風拍打窗戶發出巨響。理應被黑暗吞沒的夜晚，閃耀著蔚藍的燐光。獅子乃小姐馬上起身，緊接著望向窗外。

「唔！」

——橫濱的街道被藍光籠罩。是隕石釋放的粒子。不對，奇怪。我沒聽說隕石是藍色的。轟隆、轟隆、轟隆、轟隆。世界毀滅的聲音傳入耳中，地函開始扭曲。

「主人！」

她抓住我的手飛奔而出。橫濱地標大廈快塌了。她在歪斜的地面上奔馳，然後一抓住我的飛行鞋，便從窗戶躍向夜空。

「絕對不要放手！」

獅子乃小姐在橫濱的夜空中狂奔。雖然我被她用公主抱抱著，卻沒時間抱怨。世界要滅亡了。隕石異常的重力即將毀滅地球。

我凝視夜空。

映入眼簾的是一艘巨大的船。

巨大如山的船一面收集藍色隕石釋放的燐光，一面於漆黑的夜空中航行。我意識到那就是「摩奴之船」。藍光是典型的傳送門光芒。利用巨大隕石的重力，硬在次元撬開一個洞。

（──那顆隕石不是碰巧砸向地球，而是有人設計的。）

製造那艘船的人──正在使用那艘船的人，想毀滅這顆地球嗎？

『你們好，獅子乃小姐、我們的「丈夫」御堂大吾先生。那裡很危險，請兩位快點過來這邊。』

站在船頭的，是戴著鮮豔骷髏面具的少女。我抓住獅子乃小姐的肩膀，她輕聲叫我不用擔心。

「妳好，莎辛！不好意思，我要跟妳解約。」

『解約？為什麼？』

獅子乃小姐瞬間哀傷地瞥了我一眼，可是目光馬上轉為堅定。我最為迷戀的，就是那堅定的意志及覺悟──她放聲吶喊：

「因為這個人是我的命定之人。」

藍色的巨船猛然劈開夜空。

■

世界滅亡了。

——不對，正確地說是在滅亡途中。西元一九六二年，橫濱被災厄吞沒。

「主人，請到這邊。」

我牽著小主人的手。雖然他說他身高跟我差不多，在我眼中就是比我小。我那位只屬於我的小主人。

「獅子乃小姐，妳真的好傻。」

「主人才傻。」

想從那艘藍船「摩奴之船」手下逃離絕非易事。不知為何，指尖的穿孔槍啟動不了，我怎麼都想不通理由。我們遍體鱗傷，斷掉的骨頭也不少。可是，主人的傷勢比我更加嚴重。

（這個人太溫柔了。）

不得不承受傷害的人是我才對，卻一直是這個人受傷。

「哇——！世界真的要滅亡了！」

「趁黑夜迎來終焉前！快去追御堂大吾——！」

空氣力學車在背後疾駛，是「無限隧道教會」的信徒。我用小刀解決掉了幾個人，他們卻窮追不捨，毫不畏懼。真是符合狂信徒身分的可貴精神。

（怪物在哪裡？奇美拉殭屍呢？沛達格古的蟲人呢？）

某種意義上來說，橫濱變得和平多了。八成是傳送門光芒的影響。存在不穩定的現象，在龐大的能源面前會無法維持形體。

「主人！」

一輛空氣力學車啟動珍貴的簡易傳送門，懷著玉石俱焚的覺悟逼近，我抱著他衝進草叢。雖然我們在千鈞一髮之際逃掉了，狀況並沒有好轉。

「獅子乃小姐，別管我了，妳一個人逃走就好。還有銀河列車的車票吧？」

「笨蛋。」

我一瞬間差點理智線斷裂。這個人是怎樣！是你說要一起活下去的。是你說要一直在一起的！事到如今就算叫我自己逃掉，你要我如何是好？早就來不及了。

「請您別再說『一個人』這種話。我不怕子彈，世界末日也不放在心上，我從未害怕過受傷或死亡。」

不過——我抓住他。

「要是跟您分開，我會壞掉。」

主人，您知道嗎？我的人生真的悲慘到了極點，什麼時候死都無所謂。我活著的理由，跟無聊的笑話一樣。可是，我想保護你。一秒也好，想跟你在一起久一點。為了這渺小的愛，我擠出所剩無幾的勇氣。

我們持續賣力地奔跑。甩掉追兵，不時被眼角餘光瞥見的怪物殘骸嚇到，儘管如此，依然不斷朝希望前進。拚命求生，拚命求死，就和往常一樣。

「主人，您看。」

我們抵達一座小丘。跟「她」應該是約在這裡見面才對。然而，到處都找不到她。沒有半個人。空無一物，就只是塊適合欣賞世界滅亡的高地。

「哈哈哈。」

我笑了，當場癱坐在地。

（這樣一來就結束了。可是，感覺並不差。）

拚命求生，努力到了最後。因此，接下來要做的只剩等待死亡。主人靠在我身上席地而坐。這樣很好，這樣就好。

「對不起，主人。」

「……沒關係。我反而很高興。」

「為什麼？」

「因為最後可以跟妳在一起。」

真是的。直到最後都想向我示愛，他什麼時候變成這麼油嘴滑舌的孩子了？我懷著不滿瞪向他，他便害臊地笑了。

「我愛妳。」

「……您這是從哪裡學來的？裝什麼成熟。」

超可愛的。老實說直接命中我的喜好。

「我想說都最後一刻了，要來個帥氣的收尾。」

「不是最後。」

他使勁握住我的手。儘管有點痛，這不構成我拒絕他的理由。

「──因為我們被命運連繫在一起。即使會在今日死去，總有一天還會再見面。」

我不想讓他感覺到一絲恐懼。雖說講這種話毫無意義，我還是想讓他懷著希望。而且，那也是我的希望。

（來世也請讓我握住您的手，讓我說愛您。）

我百感交集地看著他。

「下次見面的時候，請您一定要娶我為妻。」

對了，最後我有一件事不太滿意。

（可以不要吊人胃口，快點吻我呢，笨蛋主人？）

這可是我們第一次接吻。我不希望由女性主動，想讓王子來吻我。我用眼神向他要求，聽見尖銳的「嗡——」的聲響。

那是空氣力學車的引擎聲。我們進入戒備狀態，悠閒的聲音緊接著響起。

『獅子乃妹妹——！大吾——！我來晚了，對不起——！』

身穿護理師服的人魚，打扮十分俏皮的ＡＩ騎在巨大的機車上。

「Ｓｅｎａ！妳太慢了！」

我騎上飛天摩托車，讓主人坐在後面。

銀河列車因應地球的滅亡緊急發射，室內靜寂無聲。為人類建造的客房中只有我們。或許是因為沒有澈底移動到網路世界，卻想苟延殘喘的肉身世界居民，只剩下我們兩個。

開玩笑的。純粹是不在同一個空間吧。畢竟銀河列車如此巨大。

「這列列車不曉得會開到哪裡。」

主人疲憊地說。

「記得是往可能可以供生物居住的行星。」

不過我們大概沒機會看見。這列列車會花上數百萬年橫跨宇宙，想必是一趟漫長得嚇人的旅程。可是如果是跟主人一起，感覺還不賴。

「請您留在這裡，我去調查醫務室的位置。」

全身是傷的主人輕笑著點頭。

銀河列車全長兩百八十公里，記得某個地方應該有生物的居住區。

「好了。」

走道上迴蕩著銀河列車微弱的運轉聲，以及我的腳步聲。我搜尋地圖，尋找梯子的位置，從車廂連結處打開頂部的艙口爬到室外。為了等待像我們這樣的人上車，銀河列車目前還只在離地約十公里的地方行駛。

「……妳好，莎辛。」

『對不起喲，突然叫妳過來。』

站在車頂的，是戴著骷髏面具的少女。她傳送了好幾次訊號給我，叫我到這個地方。我不能逃避。

「為什麼又跑來這種地方？」

因為銀河列車擁有反重力力場，即使列車高速行駛，也感覺不到風壓。這列列車半徑數公尺內的範圍，都維持著跟地球類似的重力。

『因為在裡面的話，搞不好會傷到大吾。』

藍船已經被拋在遙遠的後方。是因為飛行能力低落嗎？

「我不懂。妳的目的是什麼？為何要企圖帶走主人？」

我不認為是詭異宗教的教義所致。我從她身上看不見狂信徒特有的眼神和語氣。她的目光依舊平靜，輕聲呢喃著說：

『——如果這個世界的一切，都是由「命運」決定好的，妳會怎麼做？』

我不懂她問這個問題的意圖。是某種譬喻嗎？不對，她看起來相當正經。

『我看不順眼。跟善意或正確與否無關，就是看不順眼。假如有東西把我們當成人偶操控，我想將其破壞。』

「真是無聊的願望。」

『哈哈哈。是這樣嗎？』

莎辛的口吻不知不覺變了。這恐怕才是她的本性。

「我對命運沒興趣。吃得到美味的食物，喜歡的人能待在自己身邊，這樣就夠了。」

我感覺到莎辛倒抽了一口氣。感覺到她的身體湧現沉穩的怒氣。我不知道她為什麼會有這些反應，因為我不擅長顧慮他人的感受。儘管如此，也有我能夠敏銳察覺到的氣息——那就是決鬥的預感。

『我果然跟妳聊不來，獅獅。』

莎辛從懷裡取出小小的握把。她在空中揮下那個東西，巨大藍色鋸子的輪廓便應聲浮現。我從來沒看過那個東西，看不出到底是什麼武器。但我並不害怕。基本上，我從未有過那種感覺。

（我是死是活都無所謂。）

我沒有害怕過。字典裡不存在恐懼一詞。

（可是，唯有主人會被奪走一事——令我恐懼不已。）

所以我才不想愛上他。為了渺小的愛，擠出所剩無幾的勇氣。我能做到的只有這件事。

我深吸一口氣，拿出被油脂弄鈍的小刀。

『喝啊啊啊啊啊啊啊啊啊啊啊啊啊啊啊——！』

「喔喔喔喔喔喔喔喔喔喔喔喔喔喔喔——！」

我壓低姿勢躲過莎辛的袈裟斬，由下往上刺出小刀。小刀刺中她的右臂，她卻沒有痛得呻吟，而是放開鋸子。我驚訝得停止思考一瞬間，她則用空出來的左手毆打我的臉頰。

「唔……！」

出乎意料的攻擊令我失去平衡。比想像中俐落數倍的動作，以及習慣爭執的戰鬥方式。

莎辛沒有停止追擊腳步踉蹌的我。

（這個等級不只是擅長打架的小混混。我明明都把身體和神經都改造成戰鬥專用了。）

我向後跳躍跟她拉開距離，以重整態勢。莎辛撿起掉在地上的鋸子，將它指向我。藍色鋸子如同火焰般搖曳。

『呵呵，只不過是力氣大了點，跑得快了點，就覺得自己有兩把刷子？』

「……唔！」

『妳少了點賭上性命的決心。』

她瞬間拉近距離。我在千鈞一髮之際閃過揮下來的鋸子，她利用揮動手臂的反作用力，立刻反手往上砍。利刃撕裂我的肩膀，肌肉斷裂的駭人聲音傳入耳中，我連痛得哀號的時間都沒有。

「呃啊……！」

『結束了！』

莎辛橫向旋轉，試圖利用離心力將我一刀兩斷。

「唔喔喔喔喔喔喔喔喔！」

刺耳的「鏗」的一聲響起。是我想用手掌擋住鋸子，整隻前臂被一分為二的聲音。幸好是機械手。若是肉身，我應該會連同身體被砍成兩半。

「別小看……」

我拚命用鮮血淋漓的手握緊小刀。

「我的傷痕——！」

我使勁全力，將刀尖刺向莎辛的眼窩。但她扭轉身體，閃了開來。骷髏面具裂開，露出底下的真面目。

『……………………』

——莎辛的臉被塊狀雜訊覆蓋住。

少女的臉布滿黑白色的四角形，宛如劣化的舊影片。彷彿只有那塊區域的光線，被世界的程式錯誤擾亂。就像故障的螢幕一樣。

（這個人是全像投影？怎麼可能。還是ＡＩ？紋理？不對，是活生生的人類。）

裂開的面具底下流出鮮紅的血液。

『妳～看～到～了～……說笑的。』

莎辛像在開玩笑似的揚起嘴角，用空著的那隻手扭轉我的手腕，將小刀擊落。

「唔！」

她踹了下我的腹部，害我痛得蜷縮在地。莎辛舉起鋸子。

『再見，獅獅，我的朋友。下輩子也要和睦地一起吵架喔。』

我看見了死亡。就在這時，有人爬到車頂的腳步聲響起。

「……妳們……在做什麼？」

『咦？』莎辛回過頭。是主人。年幼的他面無血色地看著我們。我想叫他快逃，卻因為胸口剛遭受重擊，發不出聲音。我努力試圖擠出聲音，脫口而出的卻只有呻吟聲。

『不要……別看我……！』

莎辛用手遮住自己的臉，沒有給我最後一擊，也沒有攻擊主人。僅僅是跟少女一樣，一直摀住臉。

（到底為什麼？）

我不知道原因。因為我不理解他人的心情，不擅長好好跟人溝通，也不擅長站在別人的角度思考。不過，有件事我很清楚。

『呃！』

——在生死關頭移開視線，被殺也怪不得人。我用被砍成兩半的尖銳右臂，刺穿她的胸膛。鮮紅血液於夜空中飛濺，我感覺到如假包換的血肉觸感。莎辛連站都站不穩了，卻死都不肯將遮住臉的手拿開。

『……啊啊——又是我輸了嗎？』

血流不止的她踉蹌了一下。在空中行駛的銀河列車上，這個行為足以致命。

『下次我會贏，寶貝。』

莎辛的腳絆在一起，從列車上墜落。我茫然凝視這一幕。這個結局太令人錯愕了。我輸給了她，最後卻贏了。這也就是幸福快樂的大結局？

——然而我真該想到。

在場有個溫柔至極、過於老實，而且性格直率的少年。看見有人從空中墜落，會反射性跑去救人的他。

『咦？』

主人抓住莎辛於空中飄舞的手。不要。正當我準備放聲吶喊的時候，那裡已經一個人都不剩。受到重力的吸引，他們一起掉下去了。雖說這裡還在平流層的範圍內，離地可是超過十公里。

蔚藍隕石從天而降的天空下，只剩下我一個人。

# 尾聲　命定之人是你。

我哭著睜開眼睛。

（我死了嗎？）

夜晚。靜謐的世界。不是銀河列車上面。這裡——橫濱中華街迴盪著熱鬧的聲音，大概是醉漢在外面嚷嚷。人類的氣息確實存在於此。

（這裡是哪裡？我還活著嗎？）

我死了。不，不對。那是我作的夢。我的前世。應該是前世的我。這裡是——現代的日本。沒有奇怪的怪物，也沒有會飛的摩托車。是我的房間。我想起來了。滅亡的世界。藍色的船。銀河列車。最重要的是，被拋下的少女。

「……」

明明答應她要一起迎接最後一刻。明明跟她說了我愛妳。明明必須一直陪在她身邊。明明承諾絕對會保護她。

「嗚…………嘔噁！」

反胃感猛然襲來，我急忙衝進廁所，將胃裡的東西統統吐進馬桶。外帶回來的炸物，以及中午吃的輕食。

「……嗯……你怎麼了——？不要緊吧～？」

房間傳來慵懶的聲音。是兔羽的聲音。我的妻子的聲音。我努力試圖整理一團混亂的思緒，可是辦不到。精神快崩潰了。

（都是因為我太蠢、太欠缺思慮，才會害獅子乃小姐被拋下。）

在那之後她怎麼樣了呢？獨自搭乘銀河列車，度過近乎永恆的孤獨歲月嗎？那孩子明明不希望這種事發生。她只是想活著，只是想死去。明明那才是她的願望。都是那個跟小鬼頭一樣硬要追她的蠢蛋害的。

（不行。腦袋好亂。）

這樣會害兔羽擔心。我告訴她我要去便利商店買飲料，然後走出家門。剛走到走廊上就立刻站不穩，我才發現雙腿在打顫。不行，連路都走不好，不該去外面。作為替代方案，我爬上樓梯，往頂樓前進。

（那不是夢。是「記憶」。）

我在想什麼？怎麼可能。前世這種沒有科學根據的東西，根本不可能存在。我拚命告訴自己。無法相信那場悲劇，以及對她的愛意。我轉動通往頂樓，難以開關的老舊門扉的門把。生銹的門把嘎吱作響。

門扉開啟。金黃色的月亮於看不見星星的黑夜中綻放光芒，純白的少女站在其下。

「主……人……？」

美麗如雪的白化症少女。不久前還跟我一起坐在銀河列車上的少女。她在哭泣。淚水不受控制地傾洩而下。跟我一模一樣──我不由得意識到。

（我們作了同樣的夢。）

或者說是取回了同樣的記憶。獅子乃妹妹淚流滿面地走近我，碰觸我的臉頰。又小又冰冷，是我心愛的手指。

「笨蛋。笨蛋笨蛋笨蛋。你明明答應我要跟我在一起。明明那麼努力地追求我……！」

那不是獅子乃妹妹的語氣，卻是我再熟悉不過的她的聲調。情緒一口氣湧上心頭，導致我無法維持自我。

「對……對不起。我……我……！」

壓抑不住的愛意從胸口湧上。我不再是二十七歲的御堂大吾，那個身為十四歲愚蠢小鬼的我支配了身體。獅子乃小姐露出成熟的微笑，再三撫摸我的臉頰。

「瞧你哭得這麼慘，真幼稚。」

「妳還不是一樣。」

她柔軟的頭髮。她甜美的氣味。她銀鈴般的笑聲。溫暖的體溫。雪白頭髮在月光的照耀下散發微光。當時的我最重視的事物。

無法控制。

無法控制。

無法控制。

「……對不起。」

她——千子獅子乃輕聲說道，握住我的手。

「還不都是因為你一直吊人胃口，怕寂寞的王子。」

遠比當時矮的她努力踮起腳尖，閉上眼睛。我沒辦法拒絕。因為這個人是千子獅子乃。約好與我共度一生的人。

——我的命定之人。

「唔。」

雙唇交疊。夜晚靜謐無聲。金黃色的月亮靜靜凝視我們。根本沒看到什麼藍色隕石。舌頭沒有動作。嘴唇也輕輕閉著。只是在拚命感覺彼此體溫的吻。

我們就像要取回過去的歲月般，就像要履行沒能履行的約定般，使勁地抱緊對方。她也用力摟住我的頭，不曉得持續了多久。真希望時間就這樣停止流動。

生銹的門扉發出嘎吱聲。

「……你們……在做什麼？」

兔羽站在那裡，面色平靜看著正在接吻的我們。

金黃色的月亮悠閒地掛在天上，彷彿置身事外。

# 後記

能不能接到Netflix的工作呢？

以下是後記。大家好，我是作者逢緣奇演。

正在閱讀這篇後記的你，謝謝你願意閱讀這本小說。或者是在書店看免費的，讀到這篇後記的你。這是一篇看了會遭到不幸的文章，記得買三本送朋友喔。

我平常在美少女遊戲界當劇本家，只想得出「人類滅亡後的聖誕老人的故事」或「宣傳標語是『搖滾比殭屍還要亙古不滅！』的殭屍作品」，大家都說我沒有正常的代表作。這部作品也是因為編輯叫我寫王道愛情喜劇，我才交出來的。不時會感覺到編輯欲言又止的視線，我都儘量無視。

這是第一次在電擊文庫出書呢。說到電擊文庫，記得我小學時曾經偷跑進只要搖動窗戶，就能從外面上鎖的圖書館裡看《奇諾之旅》。擔任圖書館員的老師是相當年輕的大姊姊，我想讓她覺得我很成熟，借的全是《封神演義》或《西遊記》之類的書。因為裡面一堆漢字，感覺很艱澀。我向那位老師推薦了奇諾，過幾天她跟我說很有趣，讓我有點自豪。希望這部小說也能給小學生看到。可是裡面出現了情趣旅館和保險套，應該有難度。而且對孩子的教育也不好。

長大之後，社會的磨練太痛苦了，我便逃到美少女遊戲界，還開始寫小說，真是不可思議耶。那是我哀號著：「我受不了了～～」逃避各種苦難後導致的結果。我突然覺得，如果我運氣再差一點，搞不好會死在路邊。笑。

若要問是誰幫了我一把，我想到了許多人。例如願意收留我的老師、陪我製作遊戲的人們，最重要的是我製作遊戲的玩家，以及這部小說的讀者。我的作品剛發售的銷量總是不怎麼亮眼，不過玩過遊戲的人和看過小說的人會誇它有趣，這個評價再透過口耳相傳讓許多人知道，我才能在不知不覺間走到這一步。除了感謝，我無話可說。

十年前，我創作了《強盜成了娼婦的小白臉（暫譯）》這部作品，是個免費遊戲。記得我當時還沒有寫作經驗，住在北陸地區，卻想要去應徵美少女遊戲的劇本家，於是便寫了這個故事當作品集。到頭來那款遊戲對我的商業作家之路一點幫助都沒有，但我有了從那個時候到現在一直在支持我的人們。簡單地說，過去的努力造就了現在的我。

真的非常感謝。因為有當時願意稱讚我的作品有趣的你，我現在也勉強能夠活著。我基本上是個愛傻笑又愛說謊的人，這句話卻是發自真心。謝謝當時在推特或色情遊戲批評空間誇獎我的你們。啊～好懷念喔。大家不知道過得好不好？

順帶一提，在那之後的四年後，我看著《不起眼女主角培育法》書尾的「美少女遊戲企畫撰寫格式」，寫了企畫書寄到某公司，順利成為劇本家。還附上一封親筆寫的信件，真是美好的回憶。雖然我已經辭職了，在那家公司做的《兔耳冒險譚》跟我之前的作品風格截然不同。是因為我受到許多人的支持，慢慢有所成長嗎？想到就覺得很高興呢。

如此這般，要把它當成回憶可能早了點，畢竟我還有很多想創作的作品，小說也才剛開始寫而已，今後我也會繼續努力，希望大家能為我打氣。相對的，我也會為你的人生打氣，一起在這個傳聞中充滿各種妖魔鬼怪的人類社會加油吧。

那麼這次就寫到這裡。下次再一起玩吧～

國家圖書館出版品預行編目資料

命定之人是妻子的妹妹。/逢緣奇演作 ; Runoka譯.
-- 初版. -- 臺北市 : 臺灣角川股份有限公司,
2024.01-
冊 ; 公分. -- (Kadokawa fantastic novels)

譯自 : 運命の人は、嫁の妹でした。
ISBN 978-626-378-418-5(第1冊 : 平裝)

861.57 112019585

Kadokawa Fantastic Novels

# 命定之人是妻子的妹妹。 1

（原著名：運命の人は、嫁の妹でした。）

2024年2月5日　初版第1刷發行

作　　者：逢縁奇演
插　　畫：ちひろ綺華
譯　　者：Runoka

發 行 人：台灣角川股份有限公司
總　　監：呂慧君
總 編 輯：蔡佩芬
主　　編：林秀儒
編　　輯：彭曉凡
設計指導：陳晞叡
美術設計：周欣妮
印　　務：李明修（主任）、張加恩（主任）、張凱棋

發 行 所：台灣角川股份有限公司
地　　址：104台北市中山區松江路223號3樓
電　　話：（02）2515-3000
傳　　真：（02）2515-0033
網　　址：www.kadokawa.com.tw
劃撥帳戶：台灣角川股份有限公司
劃撥帳號：19487412
法律顧問：有澤法律事務所
製　　版：巨茂科技印刷有限公司
ISBN：978-626-378-418-5